Voltaire

Candid
oder
Die Beste der Welten

Deutsche Übertragung
und Nachwort
von Ernst Sander

Philipp Reclam jun. Stuttgart

Französischer Originaltitel: Candide ou l'optimisme

Dieser Übertragung liegt zugrunde: Voltaire, *Romans et Contes*, herausgegeben von René Pomeau. Paris: Garnier-Flammarion, 1966.

Universal-Bibliothek Nr. 6549

Gesamtherstellung: Reclam, Ditzingen. Printed in Germany 2004

ISBN 3-15-006549-6

www.reclam.de

ERSTES KAPITEL

Wie Candid[1] in einem schönen Schlosse erzogen und wie er von dort verjagt wurde

In Westfalen, im Schlosse des Barons von Thunder-ten-tronckh[2], lebte ein Jüngling, der von Natur sehr sanftmütig geartet war. Sein Antlitz war seiner Seele Spiegel. Er war aufrichtigen und einfachen Geistes, und eben deshalb, glaube ich, war er Candid genannt worden. Die alten Bedienten des Hauses munkelten, er sei der Sohn der Schwester des Herrn Baron und eines guten, ehrenwerten Landjunkers aus der Nachbarschaft, den das gnädige Fräulein niemals habe heiraten wollen, weil er nur einundsiebenzig Ahnen nachzuweisen vermochte, während der Rest seines Stammbaumes vom Zahn der Zeit abgenagt worden war.

Der Herr Baron war einer der mächtigsten Edelherren Westfalens, denn sein Schloß hatte eine Tür und Fenster. Im großen Saal hing sogar ein Gobelin. Seine Kettenhunde gaben zur Not eine Meute ab, die Stallknechte Piqueure, und der Dorfpfarrer war der Großalmosenier. Alt und jung nannte ihn Hochfreiherrliche Gnaden, und wenn er Geschichten zum besten gab, wurde gelacht.

Die Frau Baronin wog gut dreihundertfünfzig Pfund und genoß deswegen großes Ansehen, das sie durch die Würde, mit der sie die Honneurs des Hauses erwies, noch zu steigern wußte. Ihre siebzehnjährige Tochter Kunigunde war rotbäckig, frisch, rundlich und appetitlich. Der Sohn des Barons war ein würdiges Abbild seines Herrn Papa. Das Hausorakel stellte Magister Pangloß[3] dar, und der kleine Candid nahm jede seiner weisen Lehren mit der Treuherzigkeit seines Alters und Charakters auf.

Pangloß lehrte die Metaphysiko-Theologo-Kosmolo-Nigologie.[4] Bewunderungswürdig bewies er, keine Wirkung könne ohne Ursache sein, und in dieser besten aller möglichen Welten sei das Schloß des Barons das schönste der Schlösser, die gnädige Frau die beste aller möglichen Baroninnen.

»Die Dinge können nicht anders sein, als sie sind«, demonstrierte er: »denn da alles zu einem Zweck geschaffen worden ist, muß es natürlich zum besten Zweck sein. Seht eure Nasen an: sie wurden gemacht, damit ihr Brillen tragen könnt; folglich gibt es Brillen. Wie der Augenschein dartut, habt ihr Beine, um Stiefel zu tragen; deshalb gibt es Stiefel. Die Steine sind dazu da, daß man sie behaut und Schlösser daraus baut; daher haben Seine hochfreiherrliche Gnaden ein prächtiges Schloß, denn der mächtigste Edelherr des Landes muß auch am besten wohnen. Die Schweine sind da, daß man sie ißt, deshalb essen wir das ganze Jahr Speck. Aus alledem ergibt sich klar und einleuchtend: eine Dummheit sagt, wer da behauptet, alles sei *gut* geschaffen worden; nein, man muß sagen: alles wurde *auf das beste* gemacht.«

Mit beiden Ohren lauschte der junge Candid, und in seiner Einfalt glaubte er alles. Denn er fand Fräulein Kunigunde außerordentlich schön; doch nie hatte er den Mut gehabt, es ihr zu sagen. Nächst dem Glück, als Baron von Thunder-ten-tronckh geboren zu werden, so glaubte er, sei die zweite Stufe irdischer Seligkeit, Fräulein Kunigunde zu sein; die dritte, sie täglich zu sehen; und die vierte endlich, Magister Pangloß zuzuhören, dem größten Philosophen des Landes und folglich der ganzen Welt.

Als Kunigunde eines Tages in dem Wäldchen beim Schlosse, dem »Park«, lustwandelnd sich erging, sah sie hinter Buschwerk den Doktor Pangloß, wie er Versuche aus der Experimentalphysik mit ihrer Mutter Kammerzofe anstellte, einem niedlichen, dunkelhäutigen, gar gefügigen kleinen Mädchen. Fräulein Kunigunde hatte ungemein große Anlagen für die Wissenschaften; so beobachtete sie mit atemloser Spannung die Experimente, deren Zeugin sie war; deutlich sah sie des Doktors zureichenden Grund, die Ursachen und ihre Wirkung; ganz außer sich und angestrengt nachdenkend schlich

sie fort; die Begierde, gelehrt zu werden, erfüllte sie völlig, und da fiel ihr ein, daß sie vielleicht des jungen Candid zureichender Grund werden könne, und er der ihrige.
Vor dem Schloß traf sie Candid und errötete; Candid errötete gleichfalls. Sie begrüßte ihn mit versagender Stimme, und Candid antwortete ihr und wußte nicht, was er sagte. Am folgenden Tag trafen sie sich nach aufgehobener Tafel hinter einem Wandschirm. Kunigunde ließ ihr Taschentuch fallen, Candid hob es auf. In aller Unschuld bot sie ihm die Hand, die der Jüngling küßte, gleichfalls in aller Unschuld, jedoch lebhaft, gefühlvoll und höchst anmutig. Ihre Lippen begegneten einander, ihre Blicke entflammten sich, ihre Knie bebten, ihre Hände verirrten sich. Just ging der Herr Baron von Thunder-ten-tronckh an dem Wandschirm vorbei, und als er diese Ursachen und Wirkungen sah, jagte er Candid mit wuchtigen Fußtritten in den Hintern zum Schloß hinaus. Kunigunde sank in Ohnmacht; als sie sich ein wenig erholt hatte, wurde sie von der Frau Baronin geohrfeigt, und in dem schönsten und angenehmsten aller Schlösser herrschte allgemeine Bestürzung.

ZWEITES KAPITEL

Was Candid bei den Bulgaren[5] erlebte

Vertrieben aus seinem irdischen Paradiese, wanderte Candid lange ziellos umher. Er weinte und erhob seine Augen gen Himmel, und oftmals wandte er sich um nach dem Schlosse, das die schönste der Baronessen einschloß. Mit leerem Magen legte er sich mitten im Felde zwischen zwei Furchen nieder, um zu schlafen, und der Schnee fiel in dicken Flocken. Ganz verklammt schlich Candid am nächsten Tage nach Waldberghoff-Trarbk-Dickdorff[6], der nächsten Stadt. Traurig lehnte er sich an die Tür eines Wirtshauses, denn er besaß keinen Heller und verging fast vor Hunger und Müdigkeit.

Zwei Blauröcke[7] erblickten ihn: »Kamerad«, sagte der eine, »sieh den jungen Menschen dort, wie gut er gewachsen ist!« Sie gingen auf Candid zu und luden ihn höflich zum Essen ein. »Meine Herren«, sagte Candid mit entzückender Bescheidenheit, »Ihre Einladung ehrt mich, doch ich habe kein Geld, um meine Zeche zu bezahlen.« »Aber, lieber Freund«, sagte einer der Blauen, »Leute Ihres Aus- und Ansehens brauchen nichts zu bezahlen; sind Sie nicht fünf Fuß und fünf Zoll groß?« – »Tatsächlich, meine Herren«, sagte er mit einer Verbeugung. – »Dann schnell zu Tische! Wir bezahlen nicht allein die Zeche für Sie, sondern sorgen auch für alle Zukunft, daß ein Mann wie Sie stets Geld hat. Die Menschen sind dazu da, einander gegenseitig unter die Arme zu greifen.« – »Sie haben recht«, sagte Candid. »Herr Pangloß hat mir das stets gesagt, und so ist es schließlich auch am besten.« Man nötigt ihm einige Taler auf, er nimmt sie und will es ihnen schriftlich geben; sie schlagen es aus, man setzt sich zu Tische. »Lieben Sie nicht innig – –?« – »Ja, freilich«, antwortet er, »ich liebe innig Fräulein Kunigunde!« – »Nein, nein«, fiel einer der Herren ein, »wir fragen Sie, ob Sie nicht innig den König von Bulgarien lieben?« – »Ganz und gar nicht«, entgegnet er; »ich habe ihn ja niemals gesehen!« – »Was? Wie? Er ist der vortrefflichste der Könige! Wir müssen auf seine Gesundheit trinken!« – »Oh, gern, meine Herren!«, und er trinkt. »Abgemacht!«, wird ihm gesagt. »Jetzt sind Sie Schutz und Schirm, Retter und Held der Bulgaren! Sie haben Ihr Glück gemacht: die Bahn des Ruhms steht Ihnen offen!« Seine Füße werden in Eisen geschlossen, man führt ihn zum Regiment. Er muß rechtsum, linksum machen, Gewehr auf Schulter, Gewehr ab, Feuer, Laufschritt marsch marsch. Dabei bekommt er dreißig Stockschläge; am folgenden Tag exerziert er schon etwas besser und erhält nur zwanzig, am übernächsten Tage kriegt er nur zehn, und seine Kameraden begaffen ihn als Weltwunder.

Candid war ganz verblüfft und begriff noch gar nicht, wie er zum Helden geworden war. An einem schönen Frühlingsmorgen kam es ihm in den Kopf, spazierenzugehen, immer der Nase nach, denn er glaubte, Menschen wie Tiere genössen das Vorrecht, sich ihrer Beine nach Belieben bedienen zu dürfen. Noch hat er keine zwei Meilen zurückgelegt, als vier andere Helden von sechs Fuß Länge ihn einholen, binden und ins Gefängnis bringen. Ein Kriegsgericht fragt ihn, was er lieber hätte: sechsunddreißigmal Spießruten zu laufen oder sich zwölf bleierne Kugeln zugleich ins Gehirn jagen zu lassen. Candid hatte gut reden, der Wille des Menschen sei frei, und er möge weder das eine noch das andere; man ließ ihm keine Wahl. Kraft der guten Gottesgabe, Willensfreiheit genannt, entschloß er sich also, sechsunddreißigmal Spießruten zu laufen. Zweimal durchlief er die Gasse. Das Regiment bestand aus zweitausend Soldaten, das macht viertausend Hiebe. Alle Muskeln und Nerven seines Rückens vom Nacken bis zu den Backen lagen blank und offen da. Als Candid den dritten Gang tun sollte, konnte er nicht mehr und bat, man möge ihm gnädigst den Kopf abschlagen. Es wurde ihm gewährt; man verbindet ihm die Augen, er muß niederknien. Da kommt just der König von Bulgarien[8] vorbei und fragt nach dem Verbrechen des armen Sünders. Und dieses Königs großes Genie erkannte aus alledem sofort, daß Candid ein junger Metaphysiker und mit den Tücken dieser Welt nicht vertraut sei. Er begnadigte ihn also mit einer Milde, die alle Chroniken und alle Jahrhunderte preisen werden. Ein tüchtiger Chirurg heilte Candid innerhalb dreier Wochen nach den Vorschriften des Dioscorides[9]. Haut hatte er so ziemlich, und marschieren konnte er auch schon wieder, als der König der Bulgaren dem König der Abaren[10] eine Schlacht lieferte.

DRITTES KAPITEL

Wie Candid den Bulgaren entkam und was dann geschah

Nichts war so schön, so gewandt, so stattlich, so wohlgeordnet wie die beiden Heere. Selbst in der Hölle hatte man kaum jemals ein Konzert vernommen, das sich mit dem der Trompeten, Pfeifen, Hörner, Trommeln und Kanonen hätte messen können. Zuerst rissen die Kanonen auf jeder Seite gegen sechstausend Mann nieder; dann säuberte das Musketenfeuer die beste aller möglichen Welten von neun- bis zehntausend Schurken, die ihre Oberfläche vergifteten. Und auch das Bajonett war ein zureichender Grund, daß einige tausend Menschen umkamen. Im ganzen mochten es an die dreißigtausend gewesen sein. Candid zitterte wie ein Philosoph. Er versteckte sich während dieser heroischen Schlächterei, so gut er konnte.

Als endlich jeder der beiden Könige in seinem Lager das Tedeum anstimmen ließ, entschloß er sich, anderwärts über Ursachen und Wirkungen nachzudenken. Er stieg über Haufen von Toten und Sterbenden hinweg und gelangte in ein nahegelegenes Dorf. Es bestand nur aus Aschenhaufen: da es ein Abarendorf gewesen war, hatten die Bulgaren es nach den Bestimmungen des Völkerrechts in Brand gesteckt. Von Schüssen durchsiebte Greise sahen hier ihre erdrosselten Frauen sterben, die Kinder noch an die blutenden Brüste gepreßt. Aufgeschlitzten Leibes hauchten einige Mädchen ihren letzten Seufzer aus, nachdem sie die natürlichen Bedürfnisse einiger Helden befriedigt hatten. Andere lagen halbverbrannt da und wimmerten flehentlich, daß man sie vollends töte. Zwischen abgerissenen Armen und Beinen war auf dem Boden Gehirnmasse verspritzt.

So schnell er vermochte, floh Candid in ein anderes Dorf. Es gehörte den Bulgaren, und abarische Helden hatten es genauso zugerichtet. Candid schritt über zuckende Glieder, zwischen rauchenden Trümmern hindurch, bis er sich schließ-

lich außerhalb des Kriegstheaters befand. In seinem Schnappsack trug er ein wenig Proviant, und seine Gedanken weilten unaufhörlich bei Fräulein Kunigunde. Sein Mundvorrat ging ihm aus, als er die holländische Grenze überschritten hatte; doch da er hatte sagen hören, in diesem Lande sei jedermann reich und zudem Christ, war er sicher, daß er dort zumindest ebenso gut behandelt werden würde wie im Schlosse des Herrn Baron, bevor er um der schönen Augen Fräulein Kunigundes willen verjagt worden war.
Er bat mehrere gravitätisch einherschreitende Männer um einen Zehrpfennig. Sie alle antworteten, wenn er dieses Handwerk weiterhin betreibe, werde man ihn ins Zuchthaus stecken, um ihm Lebensart beizubringen.
Hierauf wandte er sich an jemanden, der gerade in einer großen Versammlung eine geschlagene Stunde lang über Nächstenliebe gesprochen hatte. Dieser Prediger sah ihn schief an und fragte ihn: »Sind Sie um der guten Sache willen gekommen, oder was ist die Ursache Ihres Hierseins?« – »Es gibt keine Wirkung ohne Ursache«, entgegnete Candid bescheiden. »Alles steht in notwendigem Zusammenhang und ist aufs trefflichste eingerichtet. Ich mußte aus Fräulein Kunigundes Nähe fortgejagt werden, ich mußte Spießruten laufen, und jetzt muß ich mein Brot erbetteln, bis ich es mir wieder verdienen kann; all das konnte gar nicht anders sein.« – »Lieber Freund«, versetzte der Prediger, »glauben Sie, daß der Papst der Antichrist ist?« – »Ich habe noch nichts davon gehört«, meinte Candid, »aber er mag es sein oder nicht: hätt' ich nur Brot!« – »Du verdienst keins!« rief der andere. »Fort, Schurke du, fort, Elender! Komme mir nicht wieder unter die Augen!« Die Frau des Predigers schaute just aus dem Fenster, und als sie eines Menschen ansichtig wurde, der bezweifelte, daß der Papst der Antichrist sei, goß sie ihm einen vollen ...... über den Kopf. O Himmel! Wie weit reißt der religiöse Eifer Damen fort!
Da sah jemand, der nicht einmal getauft worden war, ein wackerer Wiedertäufer namens Jakob, wie grausam und schändlich man einen seiner Brüder behandelte, ein zwei-

beiniges Geschöpf ohne Federn mit einer Seele. Er hieß ihn mit sich gehen, säuberte ihn, gab ihm Brot und Bier, schenkte ihm zwei Gulden und wollte ihm sogar in seiner Fabrik für persische, in Holland hergestellte Stoffe Arbeit geben. Candid war nahe daran, sich ihm zu Füßen zu werfen, und rief aus: »Magister Pangloß hatte doch recht! Alles in dieser Welt ist aufs beste eingerichtet, denn Ihre unendliche Mildtätigkeit erschüttert mich weit mehr als jenes Herrn im schwarzen Talar und seiner Frau Hartherzigkeit.«
Als er am folgenden Tag spazierenging, begegnete er einem über und über mit Eiterbeulen bedeckten Bettler mit erloschenen Augen, zerfressener Nase, schiefstehendem Munde und schwarzen Zahnstümpfen, der jedes Wort heiser hervorgurgeln mußte; fürchterliche Hustenanfälle quälten ihn, wobei er jedesmal einen Zahn ausspie.

VIERTES KAPITEL

Wie Candid seinen alten Lehrer der Philosophie wieder traf, den Doktor Pangloß, und was sich darauf ereignete

Candid fühlte mehr Mitleid als Abscheu; er schenkte diesem übelaussehenden Bettler die beiden Gulden, die der wackere Wiedertäufer Jakob ihm gegeben hatte. Die Lazarusgestalt sah ihn starr an, brach in Tränen aus und fiel ihm um den Hals. Entsetzt fuhr Candid zurück. »Ach!« sagte der Elende zum andern Elenden, »kennen Sie wirklich Ihren lieben Pangloß nicht mehr?« – »Was muß ich hören? Sie sind mein teurer Lehrer? Und in diesem furchtbaren Zustand? Was ist Ihnen geschehen? Warum sind Sie nicht mehr im schönsten der Schlösser? Was ist aus Fräulein Kunigunde geworden, der Perle unter den Mädchen, dem Meisterwerk der Natur?« – »Ich kann nicht mehr«, stöhnte Pangloß. Candid führte ihn schleunigst in des Wiedertäufers Stall, wo er ihm ein wenig Brot gab, und als Pangloß sich erholt hatte, fragte er ihn: »Und Kunigunde?« – »Ist tot!« entgegnete der andere. Candid fiel in Ohnmacht. Mit ein wenig schlechtem Essig, der sich zufällig in dem Stall befand, brachte sein Freund ihn wieder zu sich. Candid schlägt die Augen auf: »Kunigunde tot? O beste der Welten, wo bist du? Aber woran starb sie? Sicher doch aus Kummer über die wuchtigen Fußtritte, mit denen ich aus ihres Herrn Vaters schönem Schloß hinausgeworfen wurde?« – »Nein«, sagte Pangloß, »bulgarische Soldaten schlitzten ihr den Bauch auf, nachdem sie so fürchterlich genotzüchtigt worden war, wie das nur möglich ist. Dem Herrn Baron, der ihr beistehen wollte, haben sie den Schädel eingeschlagen; die Frau Baronin wurde in Stücke gehauen, und meinen armen Zögling haben sie genau wie seine Schwester behandelt. Und das Schloß – kein Stein blieb auf dem andern, keine Scheune, kein Hammel, keine Ente, weder Baum noch Strauch: doch wir sind vollauf gerächt worden, denn mit einer benachbarten Baronie, die einem bulgarischen Edelmann gehörte, haben es die Abaren genauso gemacht.«

Candid fiel bei dieser Erzählung noch einmal in Ohnmacht; nachdem er jedoch wieder zu sich gekommen war und alles gesagt hatte, was er sagen mußte, erkundigte er sich nach der Ursache, Wirkung und dem zureichenden Grunde, die Pangloß in einen so bejammernswerten Zustand versetzt hatten. »Ach«, entgegnete dieser, »die Liebe war's, die Liebe, die Trösterin des Menschengeschlechts, die Erhalterin des Weltalls, die Seele aller fühlenden Wesen, die süße Liebe.« – »Oh«, sagte Candid, »ich habe sie auch kennengelernt, diese Liebe, die Beherrscherin der Herzen, die Seele unserer Seele. Mir hat sie nichts eingetragen als einen Kuß und zwanzig Fußtritte in den Hintern. Wie aber hat diese schöne Ursache bei Ihnen solch abscheuliche Wirkung hervorbringen können?«

Pangloß antwortete folgendermaßen: »O mein lieber Candid, Sie haben doch Paquette gekannt, jenes niedliche Kammermädchen unserer erlauchten Baronin? Ich habe in ihren

Armen alle Wonnen des Paradieses genossen, und die haben die Höllenqualen hervorgebracht, die mich verzehren, wie Sie sehen: sie war damit angesteckt und ist vielleicht daran gestorben. Paquette erhielt dieses Geschenk von einem hochgelahrten Franziskaner, der es sich an der Quelle geholt hatte: denn er bekam es von einer alten Gräfin, die es von einem Rittmeister empfangen hatte, welcher es einer Marquise verdankte, die es von einem Pagen besaß, dem es ein Jesuit beigebracht hatte, der es während seiner Novizenschaft in gerader Linie von einem Gefährten des Christoph Columbus bekommen hatte. Was mich betrifft: ich werde es an niemanden weitergeben können, mit mir geht's zu Ende.«

»O Pangloß«, rief Candid, »welch absonderlicher Stammbaum! Sollte die Wurzel nicht der Teufel sein?« – »Durchaus nicht!« erwiderte der große Mann, »es ist etwas Unentbehrliches für die beste aller Welten, ein notwendiger Bestandteil. Denn hätte Columbus sich nicht auf einer Insel Amerikas diese Krankheit zugezogen, die die Quelle der Zeugung vergiftet, ja häufig sogar diese verhindert und dem großen Zweck der Natur offenbar entgegenwirkt – wir würden weder Schokolade noch Cochenille[11] haben. Und ferner muß man bedenken, daß diese Krankheit bis auf den heutigen Tag eine Eigentümlichkeit unseres Erdteils geblieben ist, genau wie die Religionsstreitigkeiten. Die Türken, Inder, Perser, Chinesen, Siamesen und Japaner kennen sie noch nicht, doch ist ein zureichender Grund zu der Annahme vorhanden, daß auch sie in einigen Jahrhunderten sie kennenlernen werden. Inzwischen hat sie bei uns die herrlichsten Fortschritte gemacht, namentlich in den großen, aus ehrenwerten und wohlerzogenen Söldnern bestehenden Heeren, die über die Schicksale der Staaten entscheiden. Wirklich, man kann schon sagen, daß, wenn dreißigtausend Mann gegen ein gleich großes Heer eine Schlacht liefern, sich auf jeder Seite ungefähr zwanzigtausend mit dieser Seuche Behaftete befinden.«

»Das ist bewundernswert!« rief Candid, »aber Sie müssen

geheilt werden.« – »Wie sollte das geschehen?« fragte Pangloß, »ich besitze keinen roten Heller, lieber Freund, und auf dem ganzen Erdenrund gibt's weder einen Aderlaß noch ein Klistier, ohne daß man bezahlt oder jemand anders bezahlen läßt.«

Diese letzten Worte gaben Candid einen Gedanken ein: er warf sich sogleich seinem barmherzigen Wiedertäufer Jakob zu Füßen und gab ihm eine so rührende Schilderung von seines Freundes Zustand, daß der biedere Mann ohne Zaudern den Doktor Pangloß zu sich nahm und ihn auf seine Kosten heilen ließ. Pangloß verlor während der Kur nur ein Auge und ein Ohr. Er schrieb gut und verstand vortrefflich zu rechnen. Der Wiedertäufer Jakob machte ihn deshalb zu seinem Buchhalter. Als er nach Verlauf zweier Monate in Handelsgeschäften nach Lissabon reisen mußte, nahm er seine beiden Philosophen zu sich aufs Schiff. Pangloß erklärte ihm, daß alles auf der Welt vortrefflich eingerichtet sei. Jakob war nicht dieser Ansicht. »Die Menschen«, sagte er, »müssen wohl die ursprünglich vollkommene Natur ein wenig verdorben haben; sie sind nicht als Wölfe geboren, sondern sind erst zu Wölfen geworden; Gott hat ihnen weder vierundzwanzigpfündige Kanonen noch Bajonette gegeben: sie haben Bajonette und Kanonen erst erfunden, um sich gegenseitig umzubringen. Auch die Bankrotte könnte ich erwähnen und die Justiz, die sich der Vermögen der Bankrotten bemächtigt, um die Gläubiger darum zu betrügen!« – »All dieses ist unerläßlich«, entgegnete der einäugige Doktor, »das Unglück des einzelnen begründet das Wohl der Gesamtheit, so daß es ums allgemeine Wohl desto besser steht, je mehr privates Unglück es gibt.« Während er dergestalt philosophierte, verfinsterte der Himmel sich, aus allen vier Ecken der Welt bliesen die Winde, und angesichts des Hafens von Lissabon wurde das Schiff vom fürchterlichsten Unwetter überfallen.

FÜNFTES KAPITEL

Sturm, Schiffbruch, Erdbeben, und was sich mit dem Doktor Pangloß, Candid und dem Wiedertäufer Jakob begab

Die eine Hälfte der Reisenden wäre vor Schreck fast gestorben in jenem unbeschreiblichen Angstgefühl, welches das Rollen eines Schiffes in den Nerven und den hin- und hergeschüttelten Säften des Körpers hervorbringt. Sie fanden nicht einmal die Kraft, sich über die Gefahr zu beunruhigen. Die andere Hälfte schrie und betete. Die Segel waren zerrissen, die Maste zerbrochen, das Schiff leck. Wer konnte, legte Hand an, aber einer hinderte den andern, niemand befehligte. Der Wiedertäufer leistete Hilfe beim Wenden, er stand auf dem Verdeck. Ein wütender Matrose versetzt ihm einen heftigen Schlag und streckt ihn auf die Planken nieder; doch infolge der Wucht des Hiebes bekam er selber einen solchen Stoß, daß er köpflings über Bord stürzte. Doch blieb er an dem zerbrochenen Mast hängen. Der brave Jakob eilt ihm zu Hilfe und stützt ihn beim Heraufklettern, wird aber bei der Anstrengung vor den Augen des Matrosen ins Meer geschleudert, und der sieht ihn untergehen, ohne ihm auch nur einen Blick zu gönnen. Candid läuft herzu, sieht seinen Wohltäter noch einmal auftauchen und dann auf ewig versinken. Er will sich ihm nach ins Meer stürzen – der Philosoph Pangloß hindert ihn daran und beweist ihm, daß die Reede von Lissabon eigens dazu erschaffen worden sei, damit jener Wiedertäufer dort ertrinke. Während er ihm dies a priori beweist, geht das Schiff aus den Fugen; alle kommen um bis auf Pangloß, Candid und das Scheusal von einem Matrosen, das den tugendhaften Wiedertäufer ersäuft hatte. Glücklich gelangte der Schurke schwimmend ans Gestade, wohin Pangloß und Candid auf einer Planke getrieben wurden.

Sobald sie sich einigermaßen erholt hatten, machten sie sich auf den Weg nach Lissabon. Sie besaßen noch einiges Geld,

mit dem sie sich vor dem Hungertode zu retten hofften, nachdem sie dem Sturm entgangen waren.
Kaum jedoch haben sie unter Tränen über den Tod ihres Wohltäters die Stadt betreten, als sie fühlen, daß die Erde unter ihren Füßen zu beben beginnt. Brausend erhebt sich das Meer im Hafen und zerschellt die dort vor Anker liegenden Schiffe. Flammen und Aschenwirbel hüllen Straßen und Plätze ein, Häuser stürzen zusammen, Dächer fallen auf die Mauern, die Mauern zerbersten. Dreißigtausend Einwohner jeglichen Alters und Geschlechts werden unter den Trümmern begraben. Pfeifend und fluchend rief der Matrose: »Hier gibt's was zu verdienen!« – »Welches mag der zureichende Grund für dieses Naturwunder sein?« fragte Pangloß. »Der Jüngste Tag ist gekommen«, jammerte Candid. Unverzüglich läuft der Matrose mitten in den Trümmerhaufen hinein, bietet dem Tod die Stirn, nur um Geld zu finden, findet welches, reißt es an sich, besäuft sich, und als er voll ist, kauft er sich die Gunst der ersten besten Hure, die er zwischen den Ruinen der zerstörten Häuser, zwischen Sterbenden und Toten findet. Pangloß zupfte ihn am Ärmel: »Lieber Freund«, sagte er zu ihm, »so etwas gehört sich nicht. Sie vergehen sich an der allgemeinen Vernunft und wenden Ihre Zeit schlecht an.« – »Hölle und Teufel!« versetzte der andere, »ich bin Matrose und in Batavia geboren! Ich habe auf vier Reisen nach Japan viermal das Kruzifix mit Füßen getreten; bei mir bist du an den Rechten gekommen mit deiner allgemeinen Vernunft.«
Einige herabstürzende Steine hatten Candid verletzt; von Trümmern bedeckt lag er auf der Straße niedergestreckt. »Ach«, sagte er zu Pangloß, »verschaff mir ein wenig Wein und Öl, ich bin am Sterben.« – »Dieses Erdbeben ist durchaus nichts Neues«, versetzte Pangloß. »Voriges Jahr erst erlitt die Stadt Lima in Amerika dieselben Erschütterungen. Gleiche Ursachen – gleiche Wirkungen. Sicherlich zieht sich ein unterirdisches Schwefellager von Lima nach Lissabon.« – »Das ist äußerst wahrscheinlich«, entgegnete Candid, »aber um Gottes willen, bring mir Öl und Wein.« – »Wieso wahr-

scheinlich?« erwiderte der Philosoph, »ich behaupte, daß die Sache erwiesen ist!« Candid schwanden die Sinne, und Pangloß brachte ihm etwas Wasser aus einem nahen Brunnen.

Nachdem sie am nächsten Tag beim Durchstöbern der Trümmer einigen Mundvorrat gefunden hatten, erholten sie sich ein wenig. Später beteiligten sie sich wie die andern an der Rettung der Einwohner, die dem Tod entgangen waren. Einige Bürger, denen sie beigestanden hatten, gaben ihnen ein so gutes Mittagessen, wie man es nach einem solchen Unglück irgend beschaffen konnte: wahrlich, das Mahl verlief traurig, die Geladenen benetzten das Brot mit Tränen; Pangloß jedoch tröstete sie, indem er versicherte, die Dinge könnten gar nicht anders sein. »Denn«, sagte er, »all dieses ist so gut wie irgend möglich. Wenn es bei Lissabon einen Vulkan gibt, konnte er nicht anderswo sein. Denn unmöglich ist es, daß die Dinge nicht dort sind, wo sie sind. Denn es ist alles gut.«

Ein kleiner, schwarzhaariger, dem Inquisitionskollegium angehörender Mann, der neben ihm saß, ergriff höflich das Wort und sagte: »Augenscheinlich glauben der Herr nicht an die Erbsünde; denn wenn alles gut ist, gibt es weder Sündenfall noch Strafe.«

»Ich bitte Eure Exzellenz demütigst um Verzeihung«, entgegnete Pangloß womöglich noch höflicher, »aber der Sündenfall und die Verfluchung der Menschen gehören mit Notwendigkeit zur besten der Welten.« – »Der Herr glauben also nicht an die Willensfreiheit?« fragte der Inquisitor. »Eure Exzellenz verzeihen«, sagte Pangloß, »die Willensfreiheit kann sehr wohl neben der absoluten Notwendigkeit bestehen; es war notwendig, daß wir frei sind; denn kurz und gut, der bedingte Wille – –« Pangloß war mitten in seinem Satze, als der Inquisitor seinem Bedienten, der ihm just Wein aus Porto oder Oporto einschenkte, mit dem Kopf ein Zeichen gab.

Wie man zur Verhinderung der Erdbeben ein schönes Autodafé veranstaltete, und wie Candid ausgepeitscht wurde

Nach dem Erdbeben, das Dreiviertel von Lissabon zerstört hatte, wußten die Weisen des Landes kein wirksameres Mittel gegen den völligen Untergang der Stadt zu finden, als dem Volke den Anblick eines schönen Autodafé[12] zu gewähren. Die Universität Coimbra hatte das entscheidende Wort gesprochen, daß das Schauspiel einiger feierlichst auf langsamem Feuer verbrannter Menschen ein unfehlbares Mittel sei, die Erde am Beben zu verhindern.

Man hatte infolgedessen einen Biskayer aufgegriffen, der der Ehe mit einer Gevatterin überführt worden war, und zwei Portugiesen, die beim Verzehren eines Huhnes den Speck fortgeworfen hatten[13]: und nach Tisch fesselte man den Doktor Pangloß und seinen Schüler Candid, den einen, weil er gesprochen, den andern, weil er mit beistimmender Miene zugehört hatte; beide wurden getrennt in zwei außerordentlich kühle Gemächer gebracht, in denen einen die Sonne niemals belästigt. Acht Tage später wurden sie beide mit einem Sanbenito[14] bekleidet, ihre Häupter schmückte man mit Papiermitren. Candids Mitra und Sanbenito waren mit umgekehrten Flammen und mit Teufeln ohne Schwanz und Klauen bemalt; Pangloß' Teufel jedoch hatten Klauen und Schwänze, und die Flammen standen aufrecht. So gekleidet schritten sie in einer Prozession einher und mußten eine sehr pathetische Predigt anhören, der eine schöne Trauermusik folgte. Candid wurde während des Gesanges mit Ruten gepeitscht; der Biskayer und jene beiden, die durchaus keinen Speck hatten essen wollen, wurden verbrannt, und Pangloß hängte man, obschon das sonst nicht Brauch war. Selbigen Tages bebte die Erde noch einmal unter fürchterlichem Getöse.

Entsetzt, bestürzt, seiner Sinne nicht mächtig, über und über

blutend und zitternd, sagte Candid sich: »Wenn dies die beste aller möglichen Welten ist, wie müssen dann erst die andern sein? Wäre ich wenigstens nur geprügelt worden, denn das kannte ich ja schon von den Bulgaren her! Doch du, o teurer Pangloß, größter aller Philosophen, mußte ich es erleben, wie man dich hängte, ohne zu wissen warum? Und du, geliebter Wiedertäufer, bester der Menschen, mußtest du angesichts des Hafens ersäuft werden? Und – o Fräulein Kunigunde, Sie Perle der Mädchen, mußte man Ihnen den Bauch aufschlitzen?«
Kaum konnte er sich auf den Füßen halten und wandte sich um, ermahnt, gepeitscht, losgesprochen und gesegnet, als ein altes Weib ihn anstieß und ihm zuflüsterte: »Fasse Mut, mein Sohn, und folge mir.«

SIEBENTES KAPITEL

Wie ein altes Weib Candid in seine Obhut nahm, und wie er wiederfand, was er liebte

Candid faßte keinen Mut, folgte der Alten jedoch in eine Hütte: sie gab ihm einen Topf Salbe, mit der er sich einreiben sollte, und wies ihm ein schmales, ziemlich sauberes Bett an, neben dem ein vollständiger Anzug lag. »Essen Sie, trinken Sie, schlafen Sie«, sagte sie zu ihm. »Unsere liebe Frau von Attocha, der heilige Antonius von Padua und der heilige Jakob von Compostella mögen Sie schützen: morgen komme ich wieder.« Candid war noch immer benommen von allem, was er gesehen und erduldet hatte, mehr jedoch noch von der Mildtätigkeit der Alten –: er wollte ihr die Hand küssen. »Nicht *meine* Hand sollen Sie küssen«, sagte die Alte, »morgen komme ich wieder. Reiben Sie sich mit der Salbe ein, essen Sie, schlafen Sie.«
Trotz aller Leiden aß Candid und schlief. Am nächsten Morgen bringt die Alte ihm ein Frühstück, beschaut seinen Rük-

ken und reibt ihn selber mit einer andern Salbe ein; dann bringt sie ihm das Mittagessen. Abends kommt sie wieder und trägt das Nachtmahl auf. Am übernächsten Tag tat sie dasselbe. »Wer sind Sie?« fragte Candid jedesmal, »woher rührt Ihre große Güte? Wie kann ich Ihnen danken?« Niemals antwortete die gute Frau; sie kam am Abend wieder, doch brachte sie kein Nachtmahl mit. »Kommen Sie mit mir«, sagte sie, »doch sprechen Sie kein Wort.« Sie nimmt ihn am Arm und geht mit ihm ungefähr eine Viertelmeile aufs Feld hinaus. Sie gelangen vor ein einsames, mit Gärten und Kanälen umgebenes Haus. Die Alte klopft an ein Pförtchen. Es wird geöffnet, sie führt Candid über eine Geheimtreppe in ein vergoldetes Gemach, läßt ihn sich auf ein brokatenes Sofa setzen und geht fort. Candid vermeinte zu träumen, sein verflossenes Leben erschien ihm wie ein düsterer, der gegenwärtige Augenblick wie ein angenehmer Traum.

Bald kam die Alte zurück. Mühsam unterstützte sie ein zitterndes Weib von königlichem Wuchs, das von Edelsteinen glitzerte und verschleiert war. »Heben Sie diesen Schleier auf«, sagte die Alte zu Candid. Der Jüngling tritt herzu; mit scheuer Hand hebt er den Schleier. Welche Situation! Welche Überraschung! Fräulein Kunigunde glaubt er zu sehen, wirklich, er sah sie, sie war es. Seine Kräfte schwinden, kein Wort kann er hervorbringen, er fällt ihr zu Füßen. Kunigunde sinkt auf das Sofa. Die Alte besprengt beide mit Weingeist, sie kommen zu sich, sie sprechen: zuerst nur Gestammel, einander kreuzende Fragen und Antworten, Seufzer, Tränen, Aufschreie. Die Alte empfiehlt ihnen, möglichst wenig Lärm zu machen, und läßt sie allein. »Wie? Sie sind es?« ruft Candid. »Sie leben! In Portugal finde ich Sie wieder? Also sind Sie nicht vergewaltigt worden? Man hat Ihnen nicht den Bauch aufgeschlitzt, wie der Philosoph Pangloß mir versichert hat?« – »Wenn schon«, sagte die schöne Kunigunde, »man stirbt nicht immer daran.« – »Aber Ihr Vater und Ihre Mutter – sind sie getötet worden?« – »Leider, leider«, antwortete Kunigunde und schluchzte.

»Und Ihr Bruder?« – »Der auch.« – »Und warum sind Sie in Portugal, und wie haben Sie erfahren, daß ich hier sei, und durch welch seltsamen Zufall ließen Sie mich hierher in dieses Haus führen?« – »Alles werde ich Ihnen sagen«, erwiderte die Dame. »Doch zuvor müssen Sie mir erzählen, was Sie erlebt haben seit jenem unschuldigen Kuß, den Sie mir gaben, und seit den Fußtritten, mit denen Sie bedacht worden sind.«

Mit tiefster Ehrerbietung gehorchte Candid, und obwohl er noch immer sehr beklommen war, obwohl seine schwache Stimme zitterte und sein Rücken ihn arg schmerzte, erzählte er ihr denkbar schlicht alles, was er seit dem Augenblick von ihrer beider Trennung erduldet hatte. Kunigunde hob die Augen zum Himmel auf; sie vergoß Tränen über den Tod des wackeren Wiedertäufers und Pangloß'; dann aber sprach sie folgendermaßen zu Candid, der sich keins ihrer Worte entgehen ließ und sie mit den Augen verschlang.

ACHTES KAPITEL

Kunigundes Geschichte

»Ich lag in meinem Bett und schlief fest, als der Himmel die Bulgaren schickte und unser schönes Schloß Thunder-ten-tronckh überfallen ließ. Sie brachten meinen Vater und meinen Bruder um und hieben meine Mutter in Stücke. Ein riesenhafter Bulgare, wohl sechs Fuß war er lang, bemerkte, daß mir bei diesem Anblick die Sinne geschwunden waren, und machte sich daran, mir Gewalt anzutun. Das brachte mich wieder zu mir. Ich kam zu Bewußtsein, schrie, schlug um mich, biß, kratzte und wollte dem langen Bulgaren die Augen ausreißen. Ich wußte ja nicht, daß alles, was im väterlichen Schlosse vor sich ging, etwas durchaus Übliches war. Der Unhold gab mir einen Messerstich in die rechte Seite –: noch heute sieht man die Narbe.« – »Ach!« rief Candid naiv, »ich möchte sie sehen!« – »Das sollen Sie«, sagte Kunigunde, »doch lassen Sie mich zunächst fortfahren.« – »Nur weiter!« rief Candid.

Sie nahm den Faden ihrer Erzählung wieder auf. »Ein bulgarischer Hauptmann kam; er sah mich blutüberströmt daliegen, doch der Soldat ließ sich nicht stören. Über die Achtungsverletzung, die der Lüstling ihm bezeigte, geriet der Hauptmann in Wut –: er tötete ihn auf meinem Leibe. Darauf ließ er mich verbinden und führte mich als Kriegsgefangene in sein Quartier. Ich wusch seine wenigen Hemden und kochte für ihn. Er fand mich sehr hübsch, und auch ich muß gestehen, daß er recht gut gewachsen war und eine weiße, weiche Haut hatte. Geist besaß er übrigens nicht und wohl noch weniger Philosophie; man sah eben, daß nicht Doktor Pangloß ihn erzogen hatte. Nach drei Monaten hatte er all sein Geld verloren, und da er meiner überdrüssig war, verkaufte er mich an einen Juden namens Don Isaschar, der zwischen Holland und Portugal Handel trieb und Frauen leidenschaftlich liebte. Dieser Jude faßte große Neigung zu mir, doch mich zu besiegen vermochte er nicht –: ihm habe ich besser widerstanden als dem bulgarischen Soldaten. Ein anständiges Mädchen kann wohl einmal vergewaltigt werden, doch das festigt seine Tugend nur. Um mich kirre zu machen, brachte der Jude mich hier in dieses Landhaus. Bisher hatte ich geglaubt, in der Welt gebe es nichts Schöneres als das Schloß Thunder-ten-tronckh; jetzt erkannte ich meinen Irrtum.

Eines Tages wurde der Großinquisitor bei der Messe meiner gewahr, er beliebäugelte mich sehr und ließ mir mitteilen, er müsse mich in geheimen Angelegenheiten sprechen. Man geleitete mich in seinen Palast, ich entdeckte ihm meine Abstammung. Er stellte mir vor, wie wenig es meinem Rang entspreche, einem Israeliten anzugehören. In seinem Auftrag wurde also dem Don Isaschar vorgeschlagen, er möge mich an Seine Eminenz abtreten. Don Isaschar, der Hofbankier und ein einflußreicher Mann ist, wollte davon nichts wissen. Der Inquisitor drohte ihm mit einem Autodafé. Mein Jude

ließ sich schließlich einschüchtern und ging einen Vertrag mit ihm ein, wonach Haus und ich beiden gemeinsam gehören sollten: dem Juden standen die Montage, Mittwoche und Sabbattage zu, dem Inquisitor die übrigen Wochentage. Seit einem halben Jahr besteht dieser Vertrag. Es ging indessen nicht ohne Streitigkeiten ab, denn oft blieb unentschieden, ob die Nacht vom Samstag zum Sonntag dem Alten oder dem Neuen Testament gehören solle. Was mich betrifft, so habe ich bis jetzt beiden widerstanden, und aus diesem Grunde, glaube ich, werde ich von beiden noch immer geliebt.
Um die Landplage der Erdbeben abzuwenden, jedoch auch um Don Isaschar zu erschrecken, beschloß Seine Eminenz, ein Autodafé zu veranstalten. Er erwies mir die Ehre, mich dazu einzuladen. Ich bekam einen vortrefflichen Platz angewiesen; zwischen der Messe und der Urteilsvollstreckung wurden den Damen sogar Erfrischungen gereicht. Wahrhaftig, Grausen packte mich, als ich die beiden Juden und jenen ehrenwerten Biskayer, der seine Gevatterin geheiratet hatte, brennen sah: doch wie groß waren meine Überraschung, mein Schrecken, meine Bestürzung, als ich in einem Sanbenito und unter einer Mitra eine Gestalt erblickte, die Pangloß ähnelte! Ich rieb mir die Augen, ich betrachtete ihn aufmerksam, sah, wie er gehängt wurde, und fiel in Ohnmacht. Kaum war ich zur Besinnung gekommen, als ich Sie nackt bis auf die Haut vor mir sah –: das war der Gipfel meines Schreckens, meiner Bestürzung, meines Schmerzes. Wahrhaftig, ich muß Ihnen offen sagen, daß Ihre Haut noch weicher, noch zarter getönt ist, als die meines bulgarischen Hauptmanns. Dieser Anblick verstärkte noch die Gefühle, die mich überstürzten und zerrissen. Ich schrie auf, ich wollte rufen: Haltet ein, ihr Barbaren! Doch meine Stimme versagte; auch wäre mein Rufen unnütz verhallt. Als Sie dann ausgepeitscht wurden, fragte ich mich: Wie kann es sein, daß der liebenswerte Candid und der weise Pangloß sich hier in Lissabon befinden, der eine, um hundert Rutenstreiche zu bekommen, der andere, um gehängt zu werden auf Befehl Seiner Eminenz des Großinquisitors, dessen Geliebte ich bin?

Pangloß hatte mich arg getäuscht, als er mir sagte, alles in der Welt sei aufs beste eingerichtet.
Erregt, entsetzt, bald außer mir, bald sterbensmatt, mußte ich daran denken, wie mein Vater, meine Mutter und mein Bruder hingemetzelt wurden, wie schamlos sich mein bulgarischer Soldat gegen mich benommen, wie er mich mit dem Messer gestochen hatte, wie ich als Köchin dienen mußte. Ich dachte an meinen bulgarischen Hauptmann, meinen häßlichen Don Isaschar, meinen abscheulichen Inquisitor, an die Hinrichtung des Doktors Pangloß, an das große Miserere, das in dumpfem Tone gesungen wurde, während Sie gepeitscht wurden, und vor allem an jenen Kuß hinter einem Wandschirm an jenem Tag, da ich Sie zum letztenmal gesehen hatte. Ich pries Gott, der Sie mir nach so viel Prüfungen wiedergegeben. Ich befahl meiner Alten, für Sie Sorge zu tragen und Sie sobald wie möglich hierher zu bringen. Sie hat meinen Auftrag trefflich ausgeführt. Ich habe die unaussprechliche Freude genossen, Sie wiederzusehen, Ihnen zuzuhören, mit Ihnen zu sprechen. Doch Sie müssen über die Maßen hungrig sein, und auch ich habe großen Appetit. Wir wollen also mit dem Nachtmahl beginnen.«
Sie setzten sich beide zu Tisch, und nach dem Essen kehrten sie wieder auf jenes schöne Sofa zurück, dessen schon Erwähnung getan wurde; dort saßen sie, als Don Isaschar eintrat, der eine der Hausherren. Es war Sabbat. Er kam, um sein Recht auszuüben und seiner zärtlichen Liebe Ausdruck zu geben.

NEUNTES KAPITEL

Was mit Kunigunde, Candid, dem Großinquisitor und einem Juden geschah

Dieser Isaschar war der jähzornigste Hebräer, den es seit der babylonischen Gefangenschaft gegeben hatte. »Wie!« schrie er, »du galiläische Hündin, ist's noch nicht genug mit dem

Herrn Großinquisitor? Soll dieser Lump da auch noch mit mir teilen?« Bei diesen Worten zieht er einen langen Dolch, den er immer bei sich trug, und in dem Glauben, die Gegenpartei sei waffenlos, stürzt er sich auf Candid; unser wackerer Westfale jedoch hatte mit dem vollständigen Anzuge von der Alten auch einen schönen Degen bekommen. Er zieht ihn trotz seiner Sanftmut und streckt den Israeliten ohne weiteres mausetot auf die Fliesen nieder, zu Kunigundes Füßen.

»Heilige Jungfrau!« schrie sie auf, »was soll jetzt aus uns werden? Ein Mann in meinem Hause getötet! Wenn die Polizei kommt, sind wir verloren!« – »Wäre Pangloß nicht gehängt worden«, sagte Candid, »so würde er uns in dieser schwierigen Lage gut raten können, denn er war ein großer Philosoph. Befragen wir statt seiner die Alte.« Sie war sehr klug und wollte gerade ihre Meinung sagen, als eine andere kleine Tür sich öffnete. Es war eine Stunde nach Mitternacht, der Sonntag hatte begonnen. Dieser Tag gehörte dem Herrn Großinquisitor. Er tritt ein und sieht den ausgepeitschten Candid mit dem Degen in der Faust, einen Getöteten auf der Erde, Kunigunde voller Entsetzen und die Alte Ratschläge erteilend.

In diesem Augenblick ging folgendes in Candids Seele vor, und er dachte: wenn dieser heilige Mann um Hilfe ruft, wird er mich unweigerlich verbrennen lassen; dasselbe kann er mit Kunigunde tun. Er hat mich unbarmherzig auspeitschen lassen; er ist mein Nebenbuhler; ich bin nun mal beim Morden, also gibt es kein Schwanken. Diese Erwägung ging klar und schnell vor sich, und ohne dem Inquisitor Zeit zu lassen, sich von seinem Erstaunen zu erholen, durchbohrt er ihn durch und durch und streckt ihn neben dem Juden nieder. »Das wäre der zweite«, sagte Kunigunde, »jetzt gibt es keine Gnade mehr; wir werden exkommuniziert, unsere letzte Stunde hat geschlagen. Wie haben Sie es nur angestellt, Sie, der Sie immer so sanftmütig waren, innerhalb zweier Minuten einen Juden und einen Prälaten zu töten?« – »Mein schönes Fräulein«, erwiderte Candid, »wenn man verliebt,

eifersüchtig und zudem noch von der Inquisition ausgepeitscht worden ist, kennt man sich selber nicht mehr.«
Darauf ergriff die Alte das Wort und sagte: »Im Stalle stehen drei andalusische Pferde nebst Sattel und Zaumzeug; der tapfere Candid möge sie schirren. Gnädiges Fräulein haben Goldstücke und Diamanten. Obwohl ich nur auf einer Hinterbacke zu sitzen vermag, wollen wir schnell zu Pferde steigen und nach Cadiz reiten. Es ist das schönste Wetter der Welt, und während der kühlen Nacht zu reisen ist ein Vergnügen.«
Candid sattelt sogleich die drei Pferde. Kunigunde, die Alte und er legen in einem Ritt dreißig Meilen zurück. Während sie fliehen, erscheint die heilige Hermandad[15] im Hause; Seine Eminenz wird in einer schönen Kirche beigesetzt und Isaschar auf den Schindanger geworfen.
Candid, Kunigunde und die Alte befanden sich bereits in der kleinen Stadt Avacena inmitten der Berge der Sierra Morena; in einer Herberge führten sie folgendes Gespräch.

ZEHNTES KAPITEL

In welcher Bedrängnis Candid, Kunigunde und die Alte nach Cadiz gelangen und ihre Einschiffung

»Wer hat nur meine Goldstücke und Diamanten stehlen können?« rief Kunigunde schluchzend. »Wovon sollen wir leben? Was soll ich tun, um Inquisitoren und Juden zu finden, die mir neue geben?« – »Ach«, sagte die Alte, »ich habe einen ehrwürdigen Bruder Franziskaner stark in Verdacht, der gestern in Badajoz mit uns in der gleichen Herberge übernachtete. Gott bewahre mich vor einem voreiligen Urteil, aber er kam zweimal in unser Zimmer und reiste lange vor uns ab.« – »O weh«, sprach Candid, »der gute Pangloß hat mir oft bewiesen, daß die Güter dieser Erde allen Menschen gemeinsam gehörten, daß ein jeder gleiches Recht darauf

habe. Nach diesen Grundsätzen hätte der Franziskaner uns so viel lassen sollen, wie wir zur Fortsetzung unserer Reise brauchen. Es bleibt uns also nichts, meine schöne Kunigunde?« – »Kein roter Heller!« entgegnete sie. – »Was tun«, fragte Candid. – »Wir wollen eins der Pferde verkaufen«, sagte die Alte. »Ich werde mich hinter das gnädige Fräulein setzen, obgleich ich nur auf einer Hinterbacke zu sitzen vermag, und so werden wir dennoch nach Cadiz gelangen.«
Zufällig war im gleichen Gasthof ein Benediktinerprior eingekehrt; er kaufte das Pferd billig. Candid, Kunigunde und die Alte ritten durch Lucena, Chillas und Lebrixa und gelangten schließlich nach Cadiz. Dort wurde gerade eine Flotte ausgerüstet, und man zog Truppen zusammen, um die ehrwürdigen Jesuitenväter von Paraguay[16] zur Vernunft zu bringen, die beschuldigt worden waren, in der Nähe der Stadt San Sacramento einen ihrer Indianerstämme gegen die Könige von Spanien und Portugal aufgewiegelt zu haben. Candid, der ja bei den Bulgaren gedient hatte, führte dem General des kleinen Heeres das bulgarische Exerzierreglement mit so viel Gewandtheit, Schnelligkeit, Geschicklichkeit, Strammheit und Leichtigkeit vor, daß ihm der Befehl über eine Infanteriekompanie übertragen wurde. So war er denn Hauptmann geworden; er schiffte sich ein mit Fräulein Kunigunde, der Alten, zwei Bedienten und zwei andalusischen Pferden, die dem Herrn Großinquisitor von Portugal gehört hatten.
Während der Überfahrt sprachen sie viel über die Philosophie des armen Pangloß. »Wir begeben uns jetzt in eine andere Welt«, sagte Candid; sicherlich wird es jene sein, in der alles gut ist. Schließlich muß man doch zugeben, daß man manchmal seufzen könnte über das, was in der unsrigen geschieht in bezug auf Naturereignisse und Moral.« – »Ich liebe Sie von ganzem Herzen«, sagte Kunigunde, »aber noch immer ist meine Seele ganz verstört über das, was ich gesehen und erlitten habe.« – »Alles wird gut gehen«, entgegnete Candid; »schon das Meer dieser Neuen Welt ist weit besser als unsere europäischen Meere; es ist sanfter, die

Winde sind beständiger. Sicherlich ist die Neue Welt die beste der möglichen.« – »Gott gebe es«, meinte Kunigunde, »aber ich bin in der meinigen so unsagbar unglücklich gewesen, daß mein Herz sich fast jeder Hoffnung verschließt.« – »Sie beklagen sich«, sprach die Alte; »ach! so Übles wie ich haben Sie schwerlich erduldet.« Kunigunde mußte beinahe lachen und fand die gute Frau ergötzlich mit der Behauptung, unglücklicher als sie zu sein. »Oh, meine Gute, wenn du nicht zumindest von zwei Bulgaren vergewaltigt worden bist, wenn du nicht zwei Messerstiche in den Leib bekommen hast, wenn man dir nicht zwei Schlösser zerstört hat, wenn nicht vor deinen Augen zwei Mütter und zwei Väter erwürgt worden sind, wenn du nicht zwei deiner Geliebten bei einem Autodafé hast gepeitscht werden sehen –: dann sehe ich nicht ein, wie du es mir hättest zuvortun können; hinzu kommt noch, daß ich als Baronesse mit zweiundsiebenzig Ahnen geboren bin und dennoch habe Köchin sein müssen.« – »Gnädiges Fräulein«, erwiderte die Alte, »Sie kennen meine Herkunft nicht, und zeigte ich Ihnen meinen Hintern – Sie würden anders sprechen und mit Ihrem Urteil zurückhalten.« Diese Rede erweckte in Kunigundes und Candids Herzen unbezwingliche Neugier. Die Alte erzählte ihnen, was folgt.

ELFTES KAPITEL

Die Geschichte der Alten

»Nicht immer habe ich triefende und blutumränderte Augen gehabt, nicht immer stieß meine Nase an mein Kinn, nicht immer war ich Dienerin. Ich bin die Tochter Papst Urbans des Zehnten[17] und der Prinzessin von Palestrina. Bis zu meinem vierzehnten Jahre wurde ich in einem Palast erzogen, für den alle Schlösser eurer deutschen Barone nicht einmal Pferdeställe abgegeben haben würden. Ein einziges meiner Gewänder war mehr wert als alle Kostbarkeiten Westfalens.

Ich wuchs auf in Schönheit, Anmut und Begabung, inmitten von Vergnügungen, Ehrenbezeigungen und Hoffnungen. Schon begann ich Liebe einzuflößen. Mein Busen formte sich, und welch ein Busen! Weiß, fest, an Gestalt dem der Venus von Medici ähnlich. Und welche Augen, welche Wimpern, welche schwarzen Brauen hatte ich! Welche Flammen sprühten unter meinen Lidern hervor und überstrahlten die Sterne, wie mir die Dichter am Hof beteuerten! Die Frauen, die mich an- und auskleideten, gerieten in Entzücken, wenn sie mich von vorn und hinten beschauten, und alle Männer hätten an ihrer Stelle sein mögen.

Ich wurde mit einem regierenden Fürsten von Massa-Carrara verlobt. Welch ein Fürst! Schön wie ich, ganz Liebenswürdigkeit und Anmut, glänzenden Geistes, glühend vor Liebe. Ich liebte ihn, wie man zum ersten Male eben liebt –: abgöttisch, voller Entzücken. Die Anstalten zur Hochzeit wurden getroffen: Unerhört waren der Pomp, die glänzende Pracht; Feste, Ringelstechen, komische Opern folgten einander unaufhörlich; ganz Italien dichtete Sonette auf mich, von denen kein einziges auch nur erträglich war. Ich war dem Augenblick meines höchsten Glückes nah, als eine alte Marquise, die zuvor meines Fürsten Geliebte gewesen war, ihn zu einer Tasse Schokolade einlud. Er starb in weniger denn zwei Stunden unter den entsetzlichsten Krämpfen. Doch das war nur eine Kleinigkeit. Meine verzweifelte Mutter wollte für kurze Zeit den so verhängnisvollen Ort verlassen, obwohl sie doch viel weniger hart getroffen war als ich. Sie besaß ein sehr schönes Landgut in der Nähe von Gaëta. Wir schifften uns auf einer Galeere ein, die vergoldet war wie der Altar der Peterskirche in Rom. Da greift ein Korsar aus Saleh[18] uns an und entert uns. Unsere Soldaten verteidigten sich wie wahre päpstliche Soldaten –: sie warfen samt und sonders die Waffen fort, stürzten auf die Knie und flehten den Korsaren um Absolution in articulo mortis an.

Im Nu entkleidete man sie, daß sie nackt wie Affen dastanden, desgleichen auch mich. Die Gewandtheit, mit der diese Herren einen auszukleiden verstehen, ist bewunde-

rungswürdig. Mehr noch jedoch war ich erstaunt, als sie uns alle den Zeigefinger in einen Ort hineinsteckten, in den wir Frauen uns für gewöhnlich höchstens ein Spritzröhrchen einführen lassen. Diese Zeremonie kam mir sehr seltsam vor; so urteilt man eben, wenn man sein Vaterland nie verlassen hat. Bald erfuhr ich, das geschehe lediglich, um zu sehen, ob wir dort nicht einige Diamanten verborgen hätten. Seit undenklichen Zeiten ist dieser Brauch etwas ganz Gewöhnliches bei allen gesitteten Völkerschaften, die zur See fahren. Ich habe gehört, daß sogar die Herren Malteserritter es niemals zu tun unterlassen, wenn sie Türken oder Türkinnen gefangennehmen. Es ist halt eine Bestimmung des Völkerrechts, gegen die niemals Widerspruch erhoben worden ist.
Ich brauche Ihnen nicht erst zu sagen, wie hart es für eine junge Prinzessin ist, mit ihrer Mutter als Sklavin nach Marokko verschleppt zu werden. Sie selber werden sich zur Genüge vorstellen können, was wir auf dem Korsarenschiff zu erdulden hatten. Meine Mutter war noch sehr schön; unsere Ehrendamen, ja sogar die einfachen Zofen besaßen mehr Reize, als man in ganz Afrika zu finden vermochte. Und ich – ich war hinreißend, ich war die Schönheit, die Anmut in Person, und noch dazu Jungfrau. Lange blieb ich es nicht: die Blume, die für den schönen Fürsten von Massa-Carrara bestimmt war, wurde von dem Korsarenhäuptling gebrochen. Es war ein abscheulicher Neger, der mir dadurch noch eine ungemeine Ehre zu erweisen glaubte. Wahrhaftig: die Frau Prinzessin von Palestrina und ich mußten von vorzüglicher Konstitution sein, um all das zu ertragen, was wir bis zu unserer Ankunft in Marokko durchmachten. Aber sprechen wir nicht groß davon; das sind alltägliche Dinge; es verlohnt sich nicht, auch nur ein Wort darüber zu verlieren.
Bei unserer Ankunft schwamm Marokko in Blut. Von den fünfzig Söhnen des Kaisers Muley-Ismael hatte jeder eine Partei gebildet, was im ganzen fünfzig Bürgerkriege ergab –: Schwarze gegen Schwarze, Schwarze gegen Braune, Mulatten gegen Mulatten. Unaufhörliches Würgen war, soweit das Kaiserreich sich erstreckte.

Kaum waren wir gelandet, als Neger einer meinem Korsaren feindlichen Partei hervorbrachen, um ihm seinen Raub zu entreißen. Nächst den Diamanten und dem Gold waren wir das Kostbarste seines Besitzes. Ich wurde Augenzeuge eines Kampfes, wie ihr in euren nordischen Regionen ihn niemals erleben werdet. Die Völker des Nordens sind nicht heißblütig genug. Sie haben nicht einmal so viel Wut, wie man in Afrika bei jedem Weibe findet. Mir scheint, als hättet ihr Europäer Milch in den Adern; in denen der Bewohner des Atlasgebirges und der Nachbarländer fließen Vitriol und Feuer. Man kämpfte wütend wie die Löwen, Tiger und Schlangen des Landes, um zu entscheiden, wem wir angehören sollten. Ein Maure ergriff meine Mutter am rechten Arm, der Leutnant meines Kapitäns riß sie am linken zurück; ein maurischer Soldat faßte sie an einem Bein, einer unsrer Seeräuber packte sie beim andern. So wurden in kurzer Zeit alle unsere Frauen von je vier Soldaten gehalten. Mich verbarg mein Kapitän hinter sich. Er hielt den Krummsäbel in der Faust und metzelte alles nieder, was seinem Grimm sich entgegenstellte. Schließlich sah ich alle unsre Italienerinnen und meine Mutter gevierteilt, zerstückelt, hingeschlachtet von den Ungeheuern, die um sie gestritten. Die Gefangenen, meine Gefährtinnen, und deren Räuber, Soldaten, Matrosen, Schwarze, Weiße, Mulatten und zuletzt mein Kapitän – alles wurde niedergemacht, und ich blieb sterbend auf einem Leichenhügel zurück. Dergleichen Szenen ereignen sich, wie bekannt, in einem Bezirk von mehr als dreihundert Meilen, ohne daß man die von Mohammed täglich vorgeschriebenen fünf Gebete darüber vergäße.
Mit vieler Mühe befreite ich mich aus dem Wust all dieser übereinander getürmten blutigen Leichen und schleppte mich bis zu einem großen Orangenbaum, der am Ufer eines nahen Baches stand; dort brach ich zusammen vor Schrecken, Müdigkeit, Verzweiflung und Hunger. Meine überreizten Sinne ließen mich bald in einen Schlaf sinken, der jedoch mehr eine Ohnmacht war als Ruhe. In diesem Zustand von Schwäche und Bewußtlosigkeit, schwebend zwischen Tod

und Leben, befand ich mich, als ich etwas Schweres auf meinem Körper sich hin und her bewegen fühlte. Ich öffnete die Augen und erblickte einen gutmütig aussehenden Weißen, der unaufhörlich seufzte und zwischen den Zähnen hervorstieß: ›O che sciagura d'essere senza coglioni!‹«[19]

ZWÖLFTES KAPITEL

Fortsetzung der Leidensgeschichte der Alten

»Voller Verwunderung und Entzücken, meine Muttersprache zu hören, und nicht weniger überrascht über die Worte, die jener Mann hervorstieß, antwortete ich ihm, es gebe größeres Unglück als das seine. In wenigen Worten tat ich ihm die Schrecknisse kund, die ich erduldet hatte, und fiel abermals in Ohnmacht. Er trug mich in ein nahe gelegenes Haus, brachte mich zu Bett, gab mir zu essen, bediente mich, tröstete mich, umschmeichelte mich, sagte mir, er habe nichts Schöneres als mich gesehen, und niemals habe er den Verlust dessen, was niemand ihm wiedergeben könne, mehr bedauert. ›Ich bin in Neapel geboren‹, sagte er mir, ›man kastriert dort alljährlich zwei- bis dreitausend Knaben; die einen sterben, die anderen bekommen eine Stimme, welche an Schönheit die der Frauen übertrifft; wieder andere treten in den Staatsdienst. An mir nahm man diese Operation mit außerordentlichem Erfolg vor und ich wurde Kammersänger in der Kapelle der Frau Prinzessin von Palestrina.‹ – ›Meiner Mutter!‹ rief ich aus. – ›Ihrer Mutter!‹ rief er unter Tränen. ›Wie! Sie wären jene kleine Prinzessin, die ich bis zu ihrem sechsten Jahr erzogen habe und die schon damals so schön zu werden versprach, wie Sie es heute sind?‹ – ›Ja, ich bin es; meine Mutter liegt vierhundert Schritt von hier in Stücke gehauen unter einem Leichenhaufen.‹
Ich erzählte ihm alles, was mir begegnet war; auch er erzählte mir seine Abenteuer, und ich erfuhr, ein christlicher

Staat habe ihn zum König von Marokko gesandt, um mit diesem Monarchen einen Vertrag abzuschließen, mittels dessen man ihm Pulver, Kanonen und Schiffe liefern wollte, um bei der Vernichtung des Handels der übrigen christlichen Staaten behilflich zu sein. ›Meine Mission ist vollendet‹, sagte der ehrenwerte Eunuch; ›ich will mich in Ceuta einschiffen und Sie nach Italien zurückgeleiten. Ma che sciagura d'essere senza coglioni!‹

Mit Tränen der Rührung dankte ich ihm, und anstatt mich nach Italien zu bringen, führte er mich nach Algier und verkaufte mich an den Dey dieser Provinz. Kaum war ich verkauft, als jene Pest, welche schon die Runde durch Afrika, Asien und Europa gemacht hatte, mit unerhörter Wut in Algier ausbrach. Sie haben Erdbeben erlebt; aber, gnädiges Fräulein, haben Sie jemals die Pest gehabt?« – »Nie«, antwortete die Baronesse.

»Wenn Sie sie gehabt hätten«, versetzte die Alte, »müßten Sie zugeben, daß ein Erdbeben nichts dagegen ist. Übrigens ist sie in Afrika etwas ganz Alltägliches; auch ich bekam sie. Bitte denken Sie sich einmal in die Lage der fünfzehnjährigen Tochter eines Papstes, die innerhalb dreier Monate Armut und Sklaverei erduldet hatte, fast tagtäglich genotzüchtigt worden war, ihre Mutter hatte zerstückelt werden sehen, die Hunger und Kriegsnot erlitten hatte, und jetzt in Algier an der Pest todkrank darniederlag. Ich starb jedoch nicht daran. Aber mein Eunuch und der Dey und fast der ganze Serail von Algier kamen um.

Als die erste Wut dieser entsetzlichen Pest nachzulassen begann, verkaufte man die Sklaven des Dey. Mich erstand ein Kaufmann, der mich nach Tunis brachte. Er verkaufte mich einem anderen Händler, der mich nach Tripolis weiterverkaufte; von Tripolis wurde ich nach Alexandrien, von Alexandrien nach Smyrna verkauft, von Smyrna nach Konstantinopel. Schließlich ging ich in den Besitz eines Aga der Janitscharen über, der bald den Befehl erhielt, Asow[20] gegen die Russen zu verteidigen, die es belagerten.

Dieser Aga, der ein überaus galanter Mann war, führte seinen ganzen Serail mit sich und brachte uns in einem kleinen Fort an der Palus Maeotis[21] unter, das von zwei schwarzen Eunuchen und zwanzig Soldaten bewacht wurde. Man tötete die Russen anfänglich wie Fliegen, doch sie blieben uns nichts schuldig. Asow ging in Blut und Feuer auf; man schonte weder Geschlecht noch Alter; nur unser kleines Fort hielt sich noch; die Feinde wollten uns aushungern. Die zwanzig Janitscharen hatten geschworen, sich niemals zu ergeben. Der nagende Hunger zwang sie schließlich, unsere beiden Eunuchen zu verzehren, aus Furcht, sonst ihren Eid brechen zu müssen. Einige Tage später kamen sie überein, das gleiche mit uns Frauen zu tun.

Wir hatten einen höchst frommen und mitleidigen Imam[22] bei uns, der ihnen eine schöne Predigt hielt, durch die er sie zu überreden versuchte, uns nicht völlig zu töten: ›Schneidet‹, so sagte er, ›jeder dieser Damen eine Hinterbacke ab, dann werdet ihr eine sehr gute Mahlzeit haben; und gebricht's euch wieder an Nahrung, so könnt ihr in einigen Tagen das gleiche tun; der Himmel wird euch einer so menschenfreundlichen Handlungsweise wegen gnädig sein und euch Entsatz schicken.‹

Er war ein guter Redner; er überzeugte sie. Man nahm die grausame Operation an uns vor. Der Imam bestrich uns mit demselben Balsam, den man bei Knaben nach der Beschneidung anwendet. Wir waren alle dem Tode nah.

Kaum hatten die Janitscharen die Mahlzeit genossen, die wir ihnen verschafft hatten, als die Russen auf flachen Booten anlangten; kein einziger Janitschare entrann ihnen. Die Russen nahmen weiter keine Rücksicht auf unseren Zustand. Überall trifft man jedoch französische Wundärzte; einer davon, und ein recht geschickter, nahm sich unsrer an; er heilte uns, und mein Leben lang werde ich daran denken müssen, daß er mir, als meine Wunden sich kaum geschlossen hatten, sogleich gewisse Anträge machte. Im übrigen riet er uns allen, uns zu trösten; er versicherte, ähnliches habe sich bei vielen Belagerungen zugetragen; das sei eben Kriegsrecht.

Als meine Genossinnen gehen konnten, wurden sie nach

Moskau gebracht. Ich fiel bei der Teilung einem Bojaren zu, der mich zu seiner Gärtnerin machte und mir täglich zwanzig Peitschenhiebe verabreichte. Nach Verlauf von zwei Jahren jedoch wurde dieser Herr mit dreißig anderen Bojaren gerädert, einer kleinen Hofintrige wegen, und diese Begebenheit machte ich mir zunutze; ich entfloh, durchquerte ganz Rußland, war lange Zeit Schankmädchen in Riga, dann in Rostock, Wismar, Leipzig, Kassel, Utrecht, Leyden, im Haag, in Rotterdam; ich bin gealtert in Not und Schande, habe nur einen halben Hintern und muß tagtäglich daran denken, daß ich die Tochter eines Papstes bin; hundertmal wollte ich mich töten, doch immer siegte die Liebe zum Leben. Diese lächerliche Schwäche ist vielleicht einer unserer unseligsten Triebe. Denn was ist alberner, als unaufhörlich eine Last zu schleppen, die man jeden Augenblick abwerfen möchte? Abscheu vor dem Dasein zu haben und doch daran festzuhalten? Die Schlange zu liebkosen, die in uns frißt, bis sie unser Herz zernagt hat?

In den Ländern, durch die das Schicksal mich gejagt hat, in den Schenken, in denen ich Dienste tat, habe ich eine Unzahl von Menschen kennengelernt, die ihrem Dasein fluchten; doch von allen setzten nur acht ihrem Elend freiwillig ein Ziel, drei Neger, vier Engländer und ein deutscher Professor namens Robeck[23]. Schließlich wurde ich Dienerin bei dem Juden Don Isaschar; er gab mich in Ihren Dienst, mein schönes Fräulein; ich habe mein Schicksal mit dem Ihrigen verkettet, und Ihr Ergehen ist mir wichtiger als das meine. Aus eigenem Antrieb würde ich Ihnen nie von meinem Leben erzählt haben, doch Sie reizten mich ein wenig, und es ist ja auch Sitte, auf Seereisen einander Geschichten zu erzählen, um sich zu zerstreuen. Ja, ja, gnädiges Fräulein, ich habe Erfahrung, ich kenne die Welt; machen Sie sich das Vergnügen, jeden unserer Mitreisenden um seine Lebensgeschichte zu bitten; und wenn sich unter ihnen ein einziger findet, der nicht schon oft seinem Leben geflucht, der sich nicht oft insgeheim gesagt hat, er sei der unglücklichste aller Menschen, dann stürzen Sie mich kopfüber ins Meer.«

Wie Candid gezwungen wird, sich von der schönen Kunigunde und der Alten zu trennen

Die schöne Kunigunde erwies der Alten, nachdem sie deren Lebensgeschichte vernommen hatte, alle Höflichkeit, die sie jemandem von solchem Rang und solchen Verdiensten schuldig war. Sie nahm ihren Vorschlag an; sie bat einen der Mitreisenden nach dem andern, seine Erlebnisse zu erzählen; Candid und sie gaben zu, die Alte habe recht. »Wie schade«, sagte Candid, »daß der weise Pangloß gegen alles Herkommen bei einem Autodafé gehängt worden ist; er hätte uns wunderbare Dinge sagen können über das physische und moralische Übel, davon Erde und Meer voll sind, und ich würde mich verständig genug fühlen, ihm in aller Ehrerbietung einige Einwürfe zu machen.«

Während ein jeder auf diese Weise erzählte, setzte das Schiff seine Fahrt fort. In Buenos Aires wurde gelandet. Kunigunde, Hauptmann Candid und die Alte begaben sich zum Statthalter d'Ibara y Figuera y Mascarenes y Lampurdos y Suza. Dieser Herr war so stolz, wie es sich für den Träger solch einer Menge von Namen geziemte. Zu jedermann sprach er mit vornehmster Geringschätzung; er trug die Nase so hoch, erhob seine Stimme so erbarmungslos, sprach so gewaltigen Tones und schritt so gravitätisch einher, daß jeder, der ihn grüßte, versucht war, ihn durchzuprügeln. Frauen liebte er bis zum Wahnsinn. Kunigunde erschien ihm als die schönste, die er jemals erblickt hatte. Seine erste Frage war, ob sie die Frau des Hauptmanns sei. Die Miene, mit der er das tat, beunruhigte Candid; daß sie seine Frau sei, wagte er nicht zu sagen, denn sie war es ja tatsächlich nicht; daß sie seine Schwester sei, wagte er auch nicht zu sagen, weil sie es womöglich noch weniger war; und obschon eine Notlüge ihm hätte nützlich sein können, war seine Seele zu rein, als daß er die Wahrheit hätte verletzen mögen. »Fräulein Kunigunde«, sagte er, »wird mir die Ehre erweisen,

meine Gattin zu werden, und wir ersuchen Eure Exzellenz, gütigst unsre Hochzeit ausrüsten zu wollen.«
Don Fernando d'Ibara y Figuera y Mascarenes y Lampurdos y Suza strich hohnlächelnd seinen Schnurrbart und befahl dem Hauptmann Candid, seine Kompanie zu besichtigen. Candid gehorchte; der Statthalter blieb mit Fräulein Kunigunde allein. Er entdeckte ihr seine Leidenschaft, schwur ihr, er wolle sich am nächsten Tag mit ihr kirchlich trauen lassen, oder auch anders, wenn ihr das besser gefalle. Kunigunde erbat eine Viertelstunde Bedenkzeit, um die Alte zu fragen und sich zu entschließen.
Die Alte sagte zu Kunigunde: »Gnädiges Fräulein, Sie haben zweiundsiebzig Ahnen und keinen roten Heller; es liegt nur bei Ihnen, ob Sie die Frau des mächtigsten Mannes von Südamerika werden wollen, der noch dazu einen sehr schönen Schnurrbart hat; wollen Sie sich da auf eine gegen alle Versuchungen gefeite Treue versteifen? Sie sind von den Bulgaren geschändet worden; ein Jude und ein Inquisitor haben Sie mißbraucht: Unglück verleiht Rechte. Wenn ich an Ihrer Stelle wäre, würde ich ohne große Gewissensbisse den Herrn Statthalter heiraten und das Glück des Herrn Hauptmanns Candid machen.« Während die Alte mit aller Klugheit und Erfahrenheit des Alters sprach, fuhr in den Hafen ein kleines Schiff ein; es hatte einen Richter und einen Gerichtsdiener an Bord, und das war folgendermaßen zugegangen.
Die Alte hatte sehr richtig vermutet, daß der Franziskaner mit der weiten Kutte in Badajoz Kunigundes Geld und Juwelen gestohlen hatte, als sie so hastig mit Candid floh. Der Mönch wollte einen Teil der Steine an einen Juwelier verkaufen. Dieser erkannte sie als dem Großinquisitor gehörig. Bevor der Mönch gehängt wurde, gestand er, er habe sie gestohlen. Er bezeichnete die Personen und den Weg, den sie eingeschlagen hatten. Die Flucht Kunigundes und Candids war bereits bekannt. Man verfolgte ihre Spur bis Cadiz. Ohne Zeit zu verlieren, sandte man ein Schiff zu ihrer Verfolgung aus. Das Schiff lag bereits im Hafen von Buenos

Aires. Das Gerücht wurde laut, ein Richter sei im Begriff zu landen; man verfolge den Mörder Seiner Eminenz des Großinquisitors. Die kluge Alte wußte sofort Rat. »Fliehen können Sie nicht«, sagte sie zu Kunigunde, »außerdem haben Sie nichts zu fürchten; nicht Sie haben Seine Eminenz getötet; übrigens liebt Sie der Statthalter und wird nicht zulassen, daß man Ihnen auch nur ein Haar krümmt; bleiben Sie hier.« Sie eilt zu Candid auf den Exerzierplatz. »Fliehen Sie«, sagt sie ihm, »oder Sie sind in einer Stunde verbrannt.« Es war keine Zeit zu verlieren; aber wie sich von Kunigunde trennen? Wohin fliehen?

VIERZEHNTES KAPITEL

Wie Candid und Cacambo bei den Jesuiten in Paraguay empfangen wurden

Candid hatte aus Cadiz einen Bedienten mitgebracht, wie man sie an den spanischen Küsten und in den Kolonien häufig findet. Als Sohn eines tukumanischen[24] Mestizen war er nur zu einem Viertel spanischen Blutes; nacheinander war er Chorknabe, Kirchendiener, Matrose, Mönch, Hausknecht, Soldat und Bedienter gewesen. Er hieß Cacambo und liebte seinen Herrn sehr, weil sein Herr ein außerordentlich guter Mensch war. Sofort sattelte er die beiden andalusischen Pferde. »Vorwärts, gnädiger Herr, folgen Sie dem Rat der Alten, wir wollen fliehen, ohne uns auch nur umzuschauen.« Candid vergoß Tränen: »O meine teure Kunigunde! Muß ich dich verlassen, wo schon der Herr Statthalter unsere Hochzeit ausrüstet! Kunigunde, die ich aus so weiter Ferne hierher führte –: wann werde ich dich wiedersehen?« – »Sie wird den Mantel nach dem Winde drehen«, sagte Cacambo; »Frauen sind niemals in Verlegenheit; für die sorgt der liebe Gott; schnell, schnell.« – »Wohin führst du mich? Wohin fliehen wir? Was fangen wir an ohne Kunigunde?« fragte

Candid. – »Beim heiligen Jakob von Compostella!« erwiderte Cacambo. »Sie wollten erst *gegen* die Jesuiten kämpfen; jetzt tun Sie das gleiche *für* sie; ich kenne die Wege ziemlich genau, ich werde Sie in ihr Reich führen; sie werden sich glücklich preisen, wenn sie einen Hauptmann bekommen, der das bulgarische Exerzierreglement beherrscht, Sie werden da schon Ihr Glück machen; wenn's einem in einem Weltteil schlecht geht, zieht man eben in einen andern. Man sieht und erlebt Neues, und das ist die Hauptsache.«
»Du bist also schon in Paraguay gewesen?« fragte Candid. – »Das kann man schon sagen«, entgegnete Cacambo, »ich war Küster im Kollegium dell'Assuncione und kenne das Reich der Los Padres wie die Straßen von Cadiz. Bewundernswert, dieses Reich. Schon jetzt hat es mehr als dreitausend Meilen Durchmesser; es ist in dreißig Provinzen eingeteilt; Los Padres besitzen alles; das Volk nichts; das ist das Meisterstück der Vernunft und Gerechtigkeit. Ich selber habe nichts so Göttliches gesehen wie Los Padres: hier führen sie mit den Königen von Spanien und Portugal Krieg – in Europa sind sie ihre Beichtväter; hier töten sie die Spanier – in Madrid befördern sie sie in den Himmel; ich habe Spaß daran; nur vorwärts; Sie sollen der glücklichste der Sterblichen werden. Wie froh würden Los Padres sein, wenn sie wüßten, daß sie einen Hauptmann bekommen, der das bulgarische Exerzierreglement beherrscht!«
Als sie am ersten Schlagbaum angelangt waren, sagte Cacambo dem Vorposten, ein Hauptmann wünsche Seine Eminenz den Herrn Kommandanten zu sprechen. – Die Meldung wurde sogleich zur Hauptwache weitergegeben. Ein paraguayischer Offizier eilt, sie dem Kommandanten zu Füßen zu legen. Candid und Cacambo wurden zunächst einmal entwaffnet; dann beschlagnahmte man die beiden andalusischen Pferde. Die beiden Fremden wurden zwischen zwei Reihen von Soldaten hindurchgeführt: am Ende stand der Kommandant, den Dreispitz auf dem Kopfe, den Priesterrock zurückgeschlagen, den Degen an der Seite, das Sponton[25] in der Hand. Er gibt ein Zeichen, und sofort umzingeln

vierundzwanzig Soldaten die beiden Ankömmlinge. Ein Sergeant sagt ihnen, sie müßten sich gedulden, der Kommandant könne nicht mit ihnen sprechen; der hochwürdige Pater Provinzial erlaube keinem Spanier, den Mund aufzutun, außer in seiner Gegenwart, und dulde ihn nicht länger im Lande als drei Stunden.
»Und wo befindet sich der ehrwürdige Pater Provinzial?« fragte Cacambo. »Auf der Parade, er hat gerade die Messe gelesen«, entgegnete der Sergeant, »und Sie werden erst in drei Stunden seine Sporen küssen können.« – »Aber«, sagte Cacambo, »der Herr Hauptmann, der gleich mir vor Hunger stirbt, ist gar kein Spanier; er ist Deutscher; können wir nicht wenigstens frühstücken, während wir auf Seine Hochwürden warten?«
Der Sergeant meldete den Inhalt dieser Unterredung sogleich dem Kommandanten. »Gott sei Dank«, rief dieser Herr; »da er ein Deutscher ist, kann ich mit ihm sprechen; führt ihn in meine Gartenlaube.« Sogleich geleitete man Candid in ein von Grün umsponnenes Lusthaus, das mit einem sehr schönen Säulengang von grünem Marmor und Gold sowie Käfigen mit Papageien, Kolibris, Perlhühnern und allen möglichen andern höchst seltenen Vögeln geschmückt war. Ein ausgezeichnetes Essen wurde in goldenen Schüsseln gereicht; und während die Paraguayer Mais aus Holznäpfen mitten im Felde, im glühenden Sonnenbrande aßen, betrat der ehrwürdige Pater Kommandant die Laube.
Er war ein sehr schöner junger Mann mit vollem, ziemlich hellhäutigem Gesicht von blühender Farbe, geschwungenen Brauen, lebhaften Augen, rosigen Ohren, Purpurlippen, stolzer Miene, die jedoch nichts von dem Stolze eines Spaniers oder Jesuiten in sich trug. Candid und Cacambo erhielten ihre Waffen zurück, die man ihnen genommen hatte, und ebenso die beiden andalusischen Pferde; diesen ließ Cacambo neben der Laube Hafer geben, behielt sie aber immer im Auge, aus Furcht vor einer Überraschung.
Candid küßte zunächst den Rocksaum des Kommandanten, dann setzten sie sich zu Tisch. »Also Sie sind Deutscher?«

fragte ihn der Jesuit in dieser Sprache. »Ja, ehrwürdiger Vater«, antwortete Candid. Bei diesen Worten betrachteten beide einander äußerst erstaunt und mit einer Bewegung, deren sie nicht Herr werden konnten. »Und aus welchem Teile Deutschlands stammen Sie?« fragte der Jesuit weiter. »Aus dem Rauchloch Westfalen«[26], sagte Candid; »ich wurde im Schlosse Thunder-ten-tronckh geboren.« – »O Himmel! ist es möglich!« rief der Kommandant. – »Welch ein Wunder!« rief Candid. – »Sollten Sie es wirklich sein?« fragte der Kommandant. – »Es ist ja nicht möglich«, sagte Candid. Sie fallen einander um den Hals, umarmen sich, vergießen Ströme von Tränen. »Wie! Wären Sie es, ehrwürdiger Vater? Sie, der Bruder der schönen Kunigunde! Sie, der von den Bulgaren getötet wurde! Sie, der Sohn des Herrn Baron! Sie, Jesuit in Paraguay! Wirklich, es geht wundersam zu in der Welt. O Pangloß! Pangloß! wie froh würdest du sein, wärst du nicht gehängt worden.«
Der Kommandant hieß die Negersklaven und Paraguayer, die Getränke in Bechern aus Bergkristall darboten, hinausgehen. Er dankte Gott und Sankt Ignatius tausendmal; er schloß Candid in die Arme; beider Gesichter waren tränengebadet. »Sie werden noch erstaunter, noch gerührter, noch mehr außer sich sein«, sagte Candid, »wenn ich Ihnen sage, daß Kunigunde, Ihr Fräulein Schwester, die Sie hingeschlachtet glauben, frisch und munter ist.« – »Wo?« – »Ganz in Ihrer Nachbarschaft, beim Statthalter von Buenos Aires, wohin ich kam, um gegen Sie zu kämpfen.« Jedes Wort, das während dieser langen Unterhaltung fiel, vermehrte beider Erstaunen. Ihre ganze Seele schlüpfte auf ihre Zunge, ließ sie gespannt lauschen, machte ihre Augen glänzen. Da sie Deutsche waren, tafelten sie lange, während sie auf den Pater Provinzial warteten; und der Kommandant erzählte seinem geliebten Candid, was folgt.

FÜNFZEHNTES KAPITEL

Wie Candid den Bruder seiner teuren Kunigunde tötet

»Mein Leben lang werde ich jenen grausigen Tag vor Augen haben, an dem ich mitansehen mußte, wie die Bulgaren meinen Vater und meine Mutter töteten und meine Schwester notzüchtigten. Als die Bulgaren abgezogen waren, fand sich von meiner anbetungswürdigen Schwester keine Spur mehr; man lud meine Mutter, meinen Vater und mich, zwei Mägde und drei kleine Knaben auf einen Karren, um uns in einer Jesuitenkapelle beizusetzen, die zwei Meilen vom Schloß meiner Väter entfernt lag. Ein Jesuit besprengte uns mit Weihwasser, es war furchtbar salzig; einige Tropfen kamen in meine Augen; der Pater bemerkte, daß meine Wimpern leise zuckten; er legte die Hand auf mein Herz und fühlte es klopfen; ich wurde ins Leben zurückgerufen, und nach drei Wochen war ich völlig wiederhergestellt. Sie wissen, lieber Candid, daß ich sehr hübsch war, später wurde ich noch hübscher; daher empfand der ehrwürdige Pater Croust[27], der Superior des Hauses, die wärmste Freundschaft für mich; er legte mir das Novizenkleid an; kurze Zeit darauf wurde ich nach Rom gesandt. Der Pater General brauchte damals gerade einen Nachschub junger deutscher Jesuiten. Die Gebieter Paraguays nehmen höchst ungern spanische Jesuiten auf; sie ziehen die fremden vor, weil sie diese leichter lenken zu können glauben. Ich wurde vom hochehrwürdigen Pater General für würdig befunden, in jenem Weinberg zu arbeiten. Wir reisten ab, ein Pole, ein Tiroler und ich. Bei der Ankunft wurde mir die Ehre zuteil, zum Subdiakon und Leutnant ernannt zu werden. Heute bin ich Oberst und Priester. Wir werden den Truppen des Königs von Spanien einen kräftigen Empfang bereiten, ich bürge Ihnen dafür: sie werden samt und sonders exkommuniziert und geschlagen werden. Die Vorsehung sendet Sie zu unserem Beistand. Doch ist es denn wirklich wahr, daß meine geliebte Schwester Kunigunde ganz in der Nähe beim

Statthalter von Buenos Aires ist?« Candid beteuerte durch einen Eid, es sei die volle Wahrheit. Von neuem begannen beider Tränen zu fließen.
Der Baron umarmte Candid unaufhörlich; er nannte ihn seinen Bruder, seinen Retter. »Ach! vielleicht«, sagte er, »können wir zusammen, mein geliebter Candid, als Sieger in die Stadt einziehen und meine Schwester Kunigunde befreien.« – »Das ist mein sehnlichster Wunsch«, sagte Candid; »denn ich war willens, sie zu heiraten, und bin's auch noch.« – »Sie Unverschämter!« fuhr der Baron auf, »Sie haben die Frechheit, meine Schwester heiraten zu wollen, die zweiundsiebzig Ahnen hat! Unerhört dreist finde ich es, daß Sie es wagen, mir diese Vermessenheit ins Gesicht zu sagen!« Candid erstarrte zur Salzsäule über diese Worte und antwortete: »Ehrwürdiger Vater, alle Ahnen der Welt ändern hier nichts; ich habe Ihre Schwester aus den Armen eines Juden und eines Inquisitors befreit; sie ist mir zu Dank verpflichtet, sie will mich heiraten. Magister Pangloß hat mir immer gesagt, die Menschen seien alle gleich; und ich werde sie ganz sicher heiraten.« – »Das wollen wir sehen, du Schurke!« rief der Jesuitenbaron von Thunder-ten-tronckh, und gleichzeitig gab er ihm mit der flachen Klinge seines Degens einen derben Hieb durchs Gesicht. Candid zieht sogleich den seinen und stößt ihn bis ans Heft dem Jesuitenbaron in den Leib; aber als er ihn blutrauchend wieder herauszog, begann er zu weinen: »Ach, mein Gott!« sagte er, »ich habe meinen früheren Herrn umgebracht, meinen Freund, meinen Schwager; ich bin der beste Mensch der Welt, und jetzt habe ich schon drei Menschen getötet; und zwei von diesen dreien sind Priester.«
Cacambo, der am Eingang der Laube Wache gestanden hatte, lief herbei. »Uns bleibt nichts, als unser Leben so teuer wie möglich zu verkaufen«, rief sein Herr ihm zu; »sicherlich werden sie gleich in die Laube kommen, wir wollen mit dem Degen in der Hand sterben.« Cacambo, der schon öfter derartiges erlebt hatte, verlor den Kopf nicht; er nahm den Jesuitenrock des Barons, warf ihn Candid über, setzte ihm

den Dreispitz auf und hieß ihn zu Pferde steigen. All das vollzog sich im Handumdrehen. »Nur vorwärts, gnädiger Herr, alle werden Sie für einen Jesuiten halten, der Befehle zu überbringen hat, und wir werden über die Grenze sein, ehe man uns nachjagen kann.« Bei diesen Worten sprengte er schon davon, und rief fortwährend auf spanisch: »Platz, Platz für den ehrwürdigen Pater Oberst.«

SECHZEHNTES KAPITEL

Was die beiden Reisenden mit zwei Mädchen, zwei Affen und den Langohr-Indianern erlebten

Candid und sein Diener waren jenseits der Grenzen, und niemand im Lager wußte um den Tod des deutschen Jesuiten. Der umsichtige Cacambo hatte Sorge getragen, seinen Schnappsack mit Brot, Schokolade, Schinken, Früchten und ein paar Flaschen Wein zu füllen. Sie drangen mit ihren beiden andalusischen Pferden immer tiefer in unbekanntes Land; ein Weg war nicht ausfindig zu machen. Endlich erstreckte sich vor ihnen eine schöne, von Bächen durchschnittene Wiese. Unsere beiden Reisenden lassen ihre Reittiere grasen. Cacambo bietet seinem Herrn zu essen und geht ihm selber mit gutem Beispiel voran. »Wie kannst du verlangen, daß ich Schinken esse«, sagte Candid, »wo ich doch den Sohn des Herrn Baron getötet habe und verdammt bin, niemals im Leben die schöne Kunigunde wiederzusehen? Wozu sollte mir eine Verlängerung meines elenden Daseins dienen, wenn ich es fern von ihr in Reue und Verzweiflung hinbringen müßte? Was würde das Journal de Trévoux[28] dazu sagen?«
Während er so sprach, aß er unaufhörlich. Die Sonne ging unter. Die beiden Verirrten hörten einige kurze Schreie, die anscheinend von Frauen ausgestoßen wurden. Sie wußten nicht, ob jene Schreie schmerzlicher oder freudiger Natur waren; aber sie sprangen gleichzeitig auf, mit jener Besorg-

nis und Beunruhigung, die alles und jedes in der Fremde erweckt. Jenes Geschrei rührte von zwei völlig nackten Mädchen her, die leichtfüßig am Rand der Wiese entlangliefen, während zwei Affen ihnen folgten und sie dabei in die Hinterbacken bissen. Candid wurde von Mitleid ergriffen; er hatte bei den Bulgaren schießen gelernt und würde eine Haselnuß vom Strauch geholt haben, ohne auch nur ein Blättchen zu streifen. Er nimmt seine spanische Doppelflinte, drückt ab und tötet die beiden Affen. »Gott sei gepriesen, mein teurer Cacambo, diese beiden armen Geschöpfe habe ich aus großer Gefahr befreit; wenn es eine Sünde war, daß ich einen Inquisitor und einen Jesuiten tötete, so ist sie wohl durch die Lebensrettung zweier Mädchen ausgeglichen. Möglicherweise sind es Fräulein von Stande, und dieses Abenteuer kann uns hierzulande ungeheure Vorteile bringen.«
Er wollte fortfahren, aber seine Zunge war wie gelähmt, als er sah, wie jene beiden Mädchen die beiden Affen zärtlich umarmten, ihre Kadaver mit Tränen benetzten und die Luft mit den schmerzlichsten Jammerrufen erfüllten. »So viel Herzensgüte hätte ich denn doch nicht erwartet«, sagte er schließlich zu Cacambo, der ihm antwortete: »Da haben Sie etwas Schönes angerichtet, gnädiger Herr; Sie haben die Liebhaber der beiden Fräulein umgebracht.« – »Ihre Liebhaber! Sollte man das für möglich halten? Du willst mich zum besten haben, Cacambo; wie könnte ich dir das glauben?« – »Lieber Herr«, erwiderte Cacambo, »Sie wundern sich immer über alles; warum finden Sie es so seltsam, daß es in manchen Ländern Affen gibt, die sich der Gunst der Damen erfreuen? Sie sind doch Viertelmenschen, wie ich Viertelspanier bin.« – »Ach!« sagte Candid, »mir fällt ein, daß ich Magister Pangloß habe sagen hören, früher sei dergleichen vorgekommen, und dieser Mischung entstammten Pane, Faune und Satyrn; mehrere große Männer der Antike hätten welche gesehn; aber ich hielt das für eine Fabel.« – »Jetzt müßte der Augenschein Sie überzeugt haben«, sagte Cacambo, »daß es wahr ist, und Sie sehen, wie es Menschen

treiben, die nicht einer gewissen Bildung teilhaftig geworden sind; ich fürchte nur, daß diese Damen uns noch Ungelegenheiten bereiten werden.«

Diese nicht eben grundlosen Erwägungen brachten Candid dahin, die Wiese zu verlassen und sich in einen Wald zu begeben. Dort speiste er mit Cacambo zur Nacht, und nachdem sie den Inquisitor von Portugal, den Statthalter von Buenos Aires und den Baron verflucht hatten, schliefen sie auf Moospolstern ein. Beim Erwachen merkten sie, daß sie sich nicht bewegen konnten; die Ursache davon war, daß während der Nacht die Langohr-Indianer, die Einwohner des Landes, bei denen die beiden Damen sie angeschwärzt hatten, sie mit Baumbaststricken geknebelt hatten. An die fünfzig mit Pfeilen, Keulen und Kieselsteinäxten bewaffnete, splitternackte Langohr-Indianer standen um sie herum; die einen erhitzten einen großen Kessel, andere richteten Bratspieße her, und alle schrien: »Er ist ein Jesuite, er ist ein Jesuite; jetzt wollen wir uns rächen und gute Mahlzeit halten; wir essen Jesuitenfleisch, wir essen Jesuitenfleisch.«

»Ich habe es Ihnen ja gleich gesagt, mein teurer Herr«, rief Cacambo traurig, »daß jene beiden Mädchen uns einen üblen Streich spielen würden.« Als Candid des Kessels und der Bratspieße gewahr wurde, rief er: »Wir werden ganz gewiß gebraten oder gesotten werden. Ach, was würde Magister Pangloß sagen, wenn er sähe, wie die unberührte Natur beschaffen ist? Alles ist gut, meinetwegen; aber mir erscheint es denn doch als einigermaßen hart, Fräulein Kunigunde verloren zu haben und von Langohr-Indianern an den Bratspieß gesteckt zu werden.« Cacambo verlor niemals den Kopf: »Verzweifeln Sie nicht«, sagte er zu dem trostlosen Candid, »ich verstehe mich ein wenig auf das Kauderwelsch dieser Leute; ich werde mit ihnen reden.« – »Vergiß ja nicht«, sagte Candid, »ihnen vorzuhalten, daß Menschen zu kochen eine schauderhafte Unmenschlichkeit und ganz und gar nicht christlich ist.«

»Meine Herren«, sagte Cacambo, »Sie haben also die Absicht, heute einen Jesuiten zu verspeisen; das ist wohlgetan;

denn nichts ist gerechter, als seine Feinde auf diese Weise zu behandeln. In der Tat lehrt uns das Naturrecht, unseren Nächsten zu töten, und so ist es ja auch Brauch auf der ganzen Erde. Wenn wir von dem guten Recht, ihn auch aufzufressen, keinen Gebrauch machen, so liegt das einzig daran, daß wir anderes haben, woraus wir uns eine gute Mahlzeit bereiten können; Sie dagegen haben nicht die gleichen Hilfsmittel wie wir; und ganz sicher ist es besser, seine Feinde aufzufressen, als die Früchte seines Sieges den Krähen und Raben preiszugeben. Indessen, meine Herren, Ihre Freunde werden Sie doch wohl nicht verspeisen wollen? Sie glauben, Sie seien drauf und dran, einen Jesuiten an den Spieß zu stecken, und dabei ist der, den Sie braten wollen, Ihr Verteidiger, der Feind Ihrer Feinde. Was mich betrifft, so bin ich ein Kind Ihres Landes; der Herr dort ist mein Brotherr und nicht im entferntesten Jesuit, er hat gerade einen Jesuiten umgebracht und trägt dessen Kleider; Sie sehen, daß Sie sich geirrt haben. Nehmen Sie, damit Sie die Wahrheit meiner Worte erkennen, sein Gewand, bringen Sie es an den ersten Schlagbaum des Reiches der Los Padres; fragen Sie nach, ob mein Herr nicht einen Jesuitenoffizier getötet habe. Das kostet Sie wenig Zeit; Sie können uns immer noch verzehren, wenn Sie meinen, daß ich Sie belogen habe. Aber, wenn ich die Wahrheit gesprochen habe, werden Sie die Prinzipien des Völkerrechts, die Sitten und Gebräuche viel zu gut kennen, um nicht Gnade über uns ergehen zu lassen.«
Die Langohr-Indianer fanden diese Ansprache außerordentlich vernünftig; sie beauftragten zwei Häuptlinge, sich schnell und gewissenhaft nach der Wahrheit zu erkundigen; die beiden Gesandten entledigten sich ihres Auftrages als helle Köpfe und kamen bald mit guten Nachrichten zurück. Die Langohr-Indianer lösten die Fesseln ihrer beiden Gefangenen, erwiesen ihnen eine Fülle von Höflichkeiten, boten ihnen Mädchen an, gaben ihnen Erfrischungen und geleiteten sie bis an die Grenze ihrer Staaten, wobei sie ausgelassen schrien: »Er ist kein Jesuite nicht, er ist kein Jesuite nicht!«

Candid konnte nicht umhin, die Tatsache seiner Befreiung erstaunlich zu finden. »Welch ein Volk!« sagte er, »was für Menschen! was für Sitten! Wenn ich nicht das Glück gehabt hätte, mit einem gewaltigen Degenstich den Leib von Fräulein Kunigundes Bruder zu durchbohren, wäre ich ohne Gnade aufgefressen worden. Aber im großen und ganzen ist die unberührte Natur doch gut, denn anstatt mich zu verspeisen, haben mir diese Leutchen tausend Artigkeiten erwiesen, sobald sie erfuhren, ich sei kein Jesuit.«

SIEBZEHNTES KAPITEL

Ankunft Candids und seines Dieners im Land Eldorado, und was sie dort sahen

Als sie an den Grenzen der Langohr-Indianer angelangt waren, sagte Cacambo zu Candid: »Sie sehen, daß diese Hemisphäre nicht viel mehr taugt als die andere; hören Sie auf mich, lassen Sie uns auf dem kürzesten Wege nach Europa zurückkehren.« – »Wie sollen wir das anstellen?« sagte Candid, »und was wollen wir dann anfangen? Wenn ich in meine Heimat zurückkehre, erwürgen dort die Bulgaren und Abaren alles Lebendige; wenn ich nach Portugal gehe, werde ich verbrannt; wenn wir hier bleiben, riskieren wir, jeden Augenblick an den Spieß gesteckt zu werden. Und wie könnte ich mich entschließen, den Teil der Welt zu verlassen, wo Fräulein Kunigunde wohnt?«
»Wir wollen nach Cayenne«, sagte Cacambo, »dort treffen wir Franzosen, denn die gibt's überall, die können uns helfen; vielleicht hat Gott Mitleid mit uns.«
Es war nicht eben leicht, nach Cayenne zu gelangen; sie wußten zwar ungefähr, in welcher Richtung sie reiten mußten; aber Gebirge, Ströme, Abgründe, Räuber, Wilde bildeten allerorten furchtbare Hindernisse. Ihre Pferde gingen vor Erschöpfung ein; ihr Mundvorrat war verzehrt. Einen

ganzen Monat lang nährten sie sich von Waldfrüchten, und schließlich befanden sie sich an einem Wasserlauf, an dessen Ufern Kokospalmen wuchsen, die ihre Lebenskräfte und Hoffnungen anfeuerten.
Cacambo, der stets ebenso gute Ratschläge wie die Alte gab, sagte zu Candid: »Wir können nicht weiter, wir sind genug marschiert; dort am Ufer liegt ein leeres Kanu, das wollen wir mit Kokosnüssen beladen, sodann das gebrechliche Fahrzeug besteigen und uns treiben lassen; ein Fluß führt immer nach irgendwelchen bewohnten Stätten. Wenn uns nichts Angenehmes begegnet, so begegnet uns zumindest etwas Neues.« – »Auf!« sagte Candid, »vertrauen wir uns der Vorsehung an.«
Sie schwammen einige Meilen zwischen bald blühenden, bald sandigen, bald flachen, bald steilen Ufern. Der Bach wurde immer breiter; schließlich verlor er sich unter einem Gewölbe furchterregender Felsen, die sich himmelhoch auftürmten. Die beiden Reisenden besaßen die Kühnheit, sich von den Fluten in dieses Gewölbe hineintreiben zu lassen. Der in der Schlucht eingeengte Bach trug sie mit grausiger Schnelligkeit und grausigem Getöse dahin. Nach vierundzwanzig Stunden erblickten sie wieder das Tageslicht; allein ihr Kanu zerschellte an den Klippen. Eine ganze Meile lang galt es von Felsblock zu Felsblock zu klimmen; schließlich gewahrten sie eine ungeheure, von unübersteigbaren Gebirgen umgrenzte Ebene. Die Gegend war mit Zier- und Nutzpflanzen bebaut. Überall war das Notwendige zugleich angenehm. Die Landstraßen waren befahren oder vielmehr geziert mit Wagen von wunderbarer Form und Bauart; Männer und Frauen von ungewöhnlicher Schönheit saßen darin; sie wurden gezogen von großen roten Widdern, die, was die Schnelligkeit anbelangt, die schönsten Pferde aus Andalusien, Tetuan und Mequinez übertrafen.
»Das ist denn doch«, sagte Candid, »ein noch besseres Land als Westfalen.« Beim ersten Dorf, dessen er gewahr wurde, stieg er mit Cacambo ans Ufer. Einige Dorfkinder in zerlumpten Goldbrokaträcken spielten am Eingange des Flek-

kens Murmel. Unsere beiden Leute aus der anderen Welt schauten ihnen belustigt zu. Ihre Murmel waren ziemlich groß und rund, gelb, rot, grün und strahlten einen ungewöhnlichen Glanz aus. Die Reisenden kam die Lust an, einige aufzuheben; sie bestanden aus Gold, Smaragden und Rubinen, deren geringster ein Prunkstück am Thron des Großmoguls hätte abgeben können. – »Sicherlich«, sagte Cacambo, »sind es die Kinder des Königs dieses Landes, die hier Murmel spielen.« In diesem Augenblick erschien der Dorfschulmeister, um sie wieder in die Schule zurückzutreiben. »Aha«, sagte Candid, »der Hofmeister der königlichen Familie.«

Die kleinen Schmutzfinken hörten sogleich zu spielen auf; ihre Murmel und was ihnen sonst als Spielzeug gedient hatte, ließen sie auf der Erde liegen. Candid rafft alles zusammen, läuft dem Hofmeister nach und reicht es ihm demutsvoll, wobei er ihm durch Zeichen andeutet, ihre Königlichen Hoheiten hätten Höchstihr Gold und Edelgestein vergessen. Der Dorfschulmeister lächelte und warf es beiseite, schaute Candid einen Augenblick äußerst verdutzt ins Gesicht und setzte seinen Weg fort.

Selbstverständlich sammelten die Reisenden das Gold, die Rubine und Smaragde wieder auf. »Wo sind wir?« rief Candid. »Die Königskinder dieses Landes müssen trefflich erzogen werden, wenn sie Gold und Edelsteine verachten lernen.« Cacambo war ebenso verblüfft wie Candid. Schließlich gingen sie auf das erste Haus des Dorfes zu. Es war wie ein europäischer Palast gebaut. Eine Unzahl von Menschen drängte sich vor der Tür; drinnen waren noch mehr. Äußerst wohllautende Musik wurde vernehmlich, und ein wundersamer Bratenduft verbreitete sich. Cacambo trat an die Tür heran und hörte, daß Peruanisch gesprochen wurde; das war seine Muttersprache; denn bekanntlich stammte ja Cacambo aus Tucuman, aus einem Dorf, wo einzig jene Sprache gesprochen wurde. »Ich werde Ihnen als Dolmetscher dienen«, sagte er zu Candid; »kommen Sie; es ist ein Gasthaus.«

Sogleich kamen zwei Kellner und zwei Schankmädchen in goldgestickten Kleidern, seidene Bänder im Haar, und forderten sie auf, an der Gasttafel Platz zu nehmen. Es gab vier Suppentöpfe, deren jeder mit zwei Papageien garniert war, einen gesottenen Kondor, der an die zwei Zentner wog, zwei auf dem Rost gebratene Affen, die trefflich mundeten; eine Schüssel mit dreihundert Kolibris, eine andere mit sechshundert Fliegenvögeln, erlesene Ragouts, köstliche Pasteten; alle Schüsseln waren aus einer Art Bergkristall. Die Kellner und die Schankmädchen reichten Liköre aus Zuckerrohr.

Die Tischgäste waren in der Mehrzahl Händler und Kutscher, alle von vollendeter Höflichkeit; sie richteten mit achtungsvollem Taktgefühl einige Fragen an Cacambo, und auf die seinen antworteten sie äußerst zuvorkommend.

Nach Beendigung des Mahls glaubte Cacambo, und ebenso Candid, die Zeche sehr reichlich zu bezahlen, indem er zwei jener Goldkugeln, die er aufgesammelt hatte, auf den Gasttisch warf; Wirt und Wirtin brachen in schallendes Gelächter aus, sie mußten sich lange die Seiten halten. Endlich erholten sie sich. »Ihr Herren«, sagte der Wirt, »offenbar seid Ihr Fremde, und solche bei uns zu sehen sind wir gar nicht gewohnt. Verzeihen Sie, daß wir so sehr gelacht haben, als Sie uns zur Bezahlung die Kieselsteine unserer Landstraßen anboten. Anscheinend besitzen Sie kein Landesgeld, aber das brauchen Sie auch nicht, wenn Sie hier essen. Alle Gasthäuser, die der Bequemlichkeit der Handelsleute dienen, werden von der Regierung unterhalten. Sie haben hier vorliebnehmen müssen, denn dies ist ein elendes Dorf; aber andernorts werden Sie nach Gebühr aufgenommen werden.« Cacambo setzte Candid die Worte des Gastwirts auseinander, und Candid vernahm sie mit der gleichen Verwunderung und der gleichen Verwirrung, in der sein Freund Cacambo sie ihm übermittelte. »Was mag das für ein Land sein«, fragten sie einander, »das in allen übrigen Teilen der Erde unbekannt ist und sich seinem Wesen nach so völlig von dem unsrigen unterscheidet? Wahrscheinlich ist es das Land, wo alles gut ist; denn etwas Derartiges muß es unbedingt geben. Und was auch Magister Pangloß dazu sagen möge: ich habe oft gespürt, daß in Westfalen alles ziemlich übel stand.«

ACHTZEHNTES KAPITEL

Was sie im Lande Eldorado sahen

Cacambo bezeigte seinem Wirt gegenüber seine ganze Neugierde; der Wirt sagte zu ihm: »Ich bin sehr dumm und fühle mich wohl dabei; aber hier lebt ein alter Mann, der sich vom Hofleben zurückgezogen hat; er ist der gelehrteste Mann des ganzen Königreichs und zudem der mitteilsamste.« Sogleich führt er Cacambo zu dem Greise. Candid trat einstweilen in den Hintergrund und begleitete nunmehr seinen Diener. Sie betraten ein sehr einfaches Haus, denn die Tür war nur aus Silber und das Zimmergetäfel aus Gold, doch so geschmackvoll gearbeitet, daß das reichste Getäfel nicht vermocht hätte, es zu überstrahlen. Das Vorzimmer war tatsächlich mit nichts als Rubinen und Smaragden ausgelegt, allein durch die Art der Anordnung wurde diese außerordentliche Einfachheit wettgemacht.
Der Greis empfing die beiden Fremden auf einem mit Kolibrifedern gepolsterten Sofa und ließ ihnen Liköre in diamantenen Gläsern reichen, wonach er ihre Neugierde mit folgenden Worten befriedigte: »Ich bin jetzt hundertzweiundsiebzig Jahre alt, und durch meinen verstorbenen Vater, den Stallmeister des Königs, habe ich von den erstaunlichen Umwälzungen in Peru vernommen, deren Zeuge er gewesen ist. Dieses Königreich hier ist die alte Heimat der Inkas, und sie haben sie höchst unklugerweise verlassen, um einen Teil der Welt zu erobern, bis sie dann von den Spaniern ausgerottet wurden. Diejenigen Fürsten ihres Stammes, die in ihrem Geburtslande blieben, waren klüger; sie befahlen, und das Volk war damit einverstanden, kein Bewohner dürfe jemals unser kleines Königreich verlassen; und eben dadurch sind unsere Unschuld und unser glückliches Leben erhalten geblieben. Die Spanier haben eine verworrene Kenntnis von diesem Lande gehabt, sie haben es Eldorado genannt; und ein Engländer, der Ritter Raleigh[29], ist ihm vor rund hundert Jahren sehr nahe gewesen; aber da wir

von unübersteigbaren Felsen und Abgründen umgeben sind, blieben wir bislang vor der Raubgier der europäischen Nationen verschont, die nun einmal eine unbegreifliche Gier nach den Kieselsteinen und dem Lehm unseres Bodens haben und uns samt und sonders bis auf den letzten Mann töten würden, um davon zu bekommen.«

Die Unterhaltung währte lange; sie sprang über auf die Regierungsform, die Sitten, die Frauen, die öffentlichen Schauspiele, die Künste. Schließlich ließ Candid, der stets eine Neigung zur Metaphysik gehabt hatte, durch Cacambo fragen, ob das Land denn auch eine Religion habe.

Der Greis wurde ein wenig rot. »Wie können Sie daran zweifeln?« fragte er. »Halten Sie uns denn für undankbar?« Cacambo fragte bescheiden, welcher Religion man in Eldorado anhänge. Abermals errötete der Greis. »Kann es denn zwei Religionen geben?« fragte er. »Wir haben, glaube ich, die Religion der ganzen Welt; wir loben Gott vom Abend bis zum Morgen.« – »Betet ihr nur den einen Gott an?« fragte Cacambo, der Candids Zweifeln zum Sprachrohr diente. »Aber gewiß doch«, sagte der Greis, »denn es gibt doch weder zwei, noch drei, noch vier. Ich muß gestehen, daß die Leute aus eurer Welt recht sonderbare Fragen stellen.« Unaufhörlich ließ Candid Fragen an jenen Greis richten; er wollte wissen, wie man in Eldorado etwas von Gott erflehe. »Wir erflehen nichts von ihm«, sagte der gute und würdige Weise; »wir brauchen ihn um nichts zu bitten; er hat uns alles gegeben, wessen wir bedürfen; wir danken ihm ohne Unterlaß.« Der neugierige Candid wollte Priester sehen; er ließ fragen, wo sie seien. Der gute Greis lächelte. »Lieber Freund«, sagte er, »wir alle sind Priester; der König und alle Familienoberhäupter singen allmorgendlich feierliche Dankeshymnen; und fünf- oder sechstausend Musiker begleiten sie.« – »Wie? Ihr habt keine Mönche, die predigen, disputieren, regieren, intrigieren und die Leute verbrennen lassen, die nicht ihrer Meinung sind?« – »Da müßten wir ja den Verstand verloren haben«, sagte der Greis. »Wir sind hier alle der gleichen Meinung, und wir verstehen nicht, was

es auf sich hat mit euren Mönchen.« Bei all diesen Wechselreden geriet Candid in Begeisterung und dachte: »Das ist denn doch etwas anderes als Westfalen und das Schloß des Herrn Baron: wenn Freund Pangloß Eldorado gesehen hätte, würde er nicht länger gesagt haben, das Schloß Thunder-ten-tronckh sei das schönste, was es auf Erden gebe; ganz sicher muß man auf Reisen gehen.«
Nach dieser langen Unterhaltung ließ der gute Greis eine mit sechs Widdern bespannte Karosse vorfahren, gab den beiden Reisenden zwölf seiner Diener mit, damit diese sie zu Hofe geleiteten. »Entschuldigt mich«, sagte er, »daß mein Alter mich der Ehre beraubt, mit euch zu gehen. Der König wird euch so aufnehmen, daß ihr's zufrieden sein werdet, und sicherlich werdet ihr's den Sitten des Landes nachsehen, wenn manche euch mißfallen.«
Candid und Cacambo bestiegen den Wagen; die sechs Widder flogen dahin, und in weniger als vier Stunden langten sie vor dem Königspalast an, der an einem Ende der Hauptstadt lag. Das Portal war zweihundertzwanzig Fuß hoch und hundert breit; woraus es gebaut war, läßt sich unmöglich ausdrücken. Es genüge die Bemerkung, daß jener Stoff ungeheuer viel wertvoller war als jene Kieselsteine und jener Sand, die wir Gold und Edelgestein nennen.
Zwanzig schöne Mädchen der Leibwache empfingen Candid und Cacambo, als sie aus dem Wagen stiegen, führten sie ins Bad, kleideten sie in Gewänder aus Kolibriflaum; sodann wurden sie von den Großwürdenträgern und -trägerinnen der Krone in die Gemächer Seiner Majestät geleitet, zwischen zwei Reihen von je tausend Musikern hindurch, wie es Brauch war. Kurz vor dem Thronsaal fragte Cacambo einen Großwürdenträger, wie man sich bei der Begrüßung Seiner Majestät zu verhalten habe, ob man sich auf die Knie oder auf den Bauch werfen, ob man die Hände auf den Kopf oder auf den Hintern legen oder etwa den Staub des Fußbodens auflecken müsse; mit einem Wort, welche Zeremonie üblich sei. »Es ist üblich«, sagte der Großwürdenträger, »den König zu umarmen und auf beide Wangen zu küssen.« Can-

did und Cacambo fielen Seiner Majestät um den Hals und wurden mit unbeschreiblicher Liebenswürdigkeit aufgenommen und zum Abendessen gebeten.

In der Zwischenzeit wurde ihnen die Stadt gezeigt, die öffentlichen Gebäude, die bis an die Wolken ragten, die mit tausend Säulen geschmückten Marktplätze, die Springbrunnen mit frischem Wasser, diejenigen mit Zuckerrohrlikören, die unaufhörlich auf den großen Plätzen sprudelten, die mit einer edlen Gesteinsart gepflastert waren; sie strömte einen Duft aus, dem der Nelken oder des Zimts ähnlich. Candid wollte das Justizgebäude sehen, das Parlamentsgericht; er mußte hören, daß es dergleichen nicht gebe und ebensowenig Gerichtsverhandlungen. Er erkundigte sich nach den Gefängnissen und erfuhr, so etwas sei hier unbekannt. Aber am meisten erfreute und überraschte ihn der Palast der Wissenschaften, in dem er eine zweitausend Schritt lange Galerie mit physikalischen Instrumenten sah.

Nachdem sie während des ganzen Nachmittags ungefähr den tausendsten Teil der Stadt durchschweift hatten, wurden sie wieder zum König geführt; Candid saß bei Tisch zwischen Seiner Majestät, seinem Diener Cacambo und mehreren Damen. Schöner hatte er niemals gespeist, und nie hatte er einen geistreicheren Tischgenossen gehabt als den König. Cacambo erklärte Candid des Königs Wortspiele, und auch in der Übersetzung blieben sie noch Wortspiele. Von allem, was Candid verwunderte, verwunderte ihn dies nicht am wenigsten.

Einen Monat lang genossen sie diese Gastfreundschaft. Unaufhörlich sagte Candid zu Cacambo: »Freilich, lieber Freund, ich wiederhole dir: das Schloß, in dem ich geboren wurde, steht diesem Lande zwar in manchem nach; aber schließlich ist Fräulein Kunigunde nicht hier, und auch du wirst in Europa irgendeine Geliebte haben. Wenn wir hier bleiben, sind wir nicht mehr als jeder andere auch; wenn wir aber in unsere Welt zurückkehren und nur zwölf mit Kieselsteinen von Eldorado beladene Widder mitnehmen, werden wir reicher sein als alle Könige zusammengenommen; wir brauchen dann keine Angst mehr vor Inquisitoren zu haben und werden Fräulein Kunigunde mit Leichtigkeit wiedergewinnen können.«

Diese Worte gefielen Cacambo; wir lieben nun einmal den Wechsel, die Bewunderung unserer Landsleute, das Zurschaustellen unserer Reiseerlebnisse, und so beschlossen die beiden, die im Glücke schwelgten, dies nicht mehr zu tun, sondern Seine Majestät um Entlassung zu bitten.

»Ihr begeht eine Dummheit«, sagte ihnen der König; »ich weiß zwar recht gut, daß an meinem Land nicht viel ist; allein, wenn es einem irgendwo erträglich geht, soll man dort bleiben; ich habe indessen kein Recht, Fremde zurückzuhalten; das wäre eine Tyrannei, die weder mit unseren Sitten noch mit unseren Gesetzen etwas zu tun hat; alle Menschen sind frei; reist, wann immer ihr wollt, allein das Fortkommen ist recht schwierig. Den reißenden, unter Felsgewölben hinströmenden Fluß, auf dem ihr wie durch ein Wunder hergelangt seid, könnt ihr unmöglich wieder hinauffahren. Die Gebirge, die mein ganzes Königreich umschließen, sind zehntausend Fuß hoch und steil wie Mauern: ein jedes nimmt in der Breite einen Raum von zehn Meilen ein, und nur über Abgründe hinweg können sie überstiegen werden. Wenn ihr indessen durchaus abreisen wollt, werde ich meinen Maschinenintendanten Auftrag geben, eine Maschine zu konstruieren, die euch bequem hinüberbringt. Wenn sie euch jedoch bis auf den Grat der Gebirge geleitet haben, wird niemand euch weiterführen können; denn meine Untertanen haben gelobt, niemals ihr Heimatland zu verlassen, und sie sind zu weise, um ihr Gelübde zu brechen. Im übrigen erbittet von mir nur, was ihr wollt.« – »Wir bitten Eure Majestät«, sagte Cacambo, »einzig um einige Widder, beladen mit Lebensmitteln, Kieselsteinen und dem Straßenstaub des Landes.« Der König lachte: »Ich begreife nicht«, sagte er, »welchen Geschmack ihr Europäer an unserem gelben Dreck findet: doch nehmt soviel mit euch, wie ihr wollt, und möge es euch zum Segen gereichen.«

Sogleich befahl er seinen Ingenieuren, eine Maschine zu

bauen, um diese beiden außergewöhnlichen Menschen aus dem Königreich hinauszuwinden. Dreitausend gute Physiker machten sich ans Werk; nach vierzehn Tagen war sie fertig und kostete dabei nur zwanzig Millionen Pfund Sterling in der Münze des Landes. Candid und Cacambo wurden in der Maschine untergebracht; ebenso zwei große, rote, gesattelte und aufgezäumte Widder, die ihnen nach Überschreitung der Gebirge als Reittiere dienen sollten; ferner zwanzig Saumwidder mit Lebensmitteln, dreißig mit Gastgeschenken aus den seltsamsten Erzeugnissen des Landes und fünfzig mit Gold, Edelgestein und Diamanten. Zärtlich umarmte der König die beiden Abenteurer.

Ihr Aufbruch, und zumal die geschickte Art, wie sie samt ihren Widdern zur Höhe der Gebirge hinaufgehißt wurden, boten einen prächtigen Anblick. Die Physiker verabschiedeten sich, als sie in Sicherheit waren, und Candid hatte keinen anderen Wunsch und kein anderes Ziel, als Fräulein Kunigunde seine Widder zu Füßen zu legen. »Jetzt haben wir genug, um den Statthalter von Buenos Aires zu bezahlen, wenn Fräulein Kunigunde überhaupt um Gold feil ist. Nun wollen wir nach Cayenne, uns einschiffen und schauen, welches Königreich wir kaufen können.«

NEUNZEHNTES KAPITEL

Was sie in Surinam erleben, und wie Candid Martin kennenlernt

Der erste Tagesmarsch unserer beiden Reisenden verlief recht angenehm. Sie fühlten sich stolz in dem Gedanken, nun Schätze zu besitzen, wie Asien, Europa und Afrika sie nicht aufzubringen vermochten. Der entzückte Candid schnitzte Kunigundes Namen in alle Baumstämme. Am zweiten Tage gerieten zwei ihrer Widder in einen Morast und versanken samt ihrer Traglast; zwei weitere Widder gingen zwei Tage später durch Überanstrengung zugrunde; andere stürzten während der Folgezeit in Abgründe. Schließlich, nach hundert Reisetagen, blieben ihnen nur noch zwei Widder. Candid sagte zu Cacambo: »Lieber Freund, du siehst, wie vergänglich die Güter dieser Erde sind; einzig die Tugend hat Bestand, und das Glück, Fräulein Kunigunde wiederzusehen.« – »Das gebe ich zu«, sagte Cacambo, »aber schließlich bleiben uns noch zwei Widder mit mehr Schätzen, als der König von Spanien jemals gehabt hat, und dort hinten sehe ich eine Stadt, in der ich Surinam vermute, das den Holländern gehört. Wir sind an unserer Leiden Ende, und unser Glück hebt an.«

Sie näherten sich der Stadt und wurden eines Negers gewahr, der auf dem Erdboden lag; er trug nur die Hälfte seiner Bekleidung, nämlich eine Unterhose aus blauer Leinwand; dem armen Kerl fehlten das linke Bein und die rechte Hand. »O du großer Gott!« sagte Candid auf holländisch zu ihm, »was treibst du da, lieber Freund, in diesem entsetzlichen Zustand?« – »Ich warte auf meinen Herrn, den berühmten Großkaufmann Vanderdendur«, antwortete der Neger. »Hat Herr Vanderdendur dich so zugerichtet?« fragte Candid. »Ja, Herr«, sagte der Neger, »das ist hier so üblich. Zweimal im Jahr erhalten wir eine Leinenunterhose als einzige Bekleidung. Wenn wir in den Zuckersiedereien arbeiten und der Schleifstein zerquetscht uns einen Finger, wird uns die ganze Hand abgeschnitten; wenn wir fliehen wollen, wird uns ein Bein abgeschnitten; beides ist mir geschehen. Um diesen Preis eßt ihr in Europa Zucker. Immerhin hat meine Mutter, als sie mich an der Guineaküste für zehn patagonische Taler verkaufte, mir gesagt: ›Mein lieber Sohn, unsere Fetische seien gepriesen, bete täglich zu ihnen, sie werden dich glücklich machen; dir ist die Ehre widerfahren, Sklave unserer Herren, der Weißen, zu werden und dadurch deine Eltern zu beglücken.‹ Ach, ich weiß nicht, ob ich sie beglückt habe, mich haben sie jedenfalls nicht beglückt. Hunde, Papageien und Affen sind tausendmal weniger unglücklich als wir; die holländischen Fetische, die mich bekehrt haben, sagen mir jeden Sonntag, wir alle seien Kinder Adams, Schwarze wie Weiße. Ich bin kein Genealoge, doch wenn diese Prediger die Wahrheit sprechen, sind wir alle leibliche Vettern. Sie werden mir aber doch wohl zugeben müssen, daß man seine Verwandten kaum schrecklicher behandeln kann.«

»O Pangloß!« rief Candid, »von diesen Greueln hast du nichts gewußt; es ist aus, jetzt muß ich deinem Optimismus entsagen.« – »Optimismus? Was ist das?« fragte Cacambo. »Ach«, sagte Candid, »das ist der Irrsinn, alles wunderschön zu finden, wenn es einem hundsmiserabel geht.« Und als er seinen Neger anschaute, vergoß er Tränen, und weinend betrat er Surinam.

Das erste, wonach sie sich erkundigen, ist, ob im Hafen nicht ein Schiff liege, das nach Buenos Aires segeln könne. Derjenige, an den sie sich gewandt hatten, war zufällig ein spanischer Schiffseigner, der ihnen seine Dienste wohlfeil antrug. Sie verabredeten sich in einer Kneipe. Candid und der treue Cacambo samt den beiden Widdern gingen dorthin, um ihn zu erwarten.

Candid, der stets sein Herz auf der Zunge trug, erzählte dem Spanier alle seine Abenteuer und gestand ihm, er wolle Fräulein Kunigunde entführen. »Ich werde mich schön hüten, Sie nach Buenos Aires zu bringen«, sagte der Schiffsherr: »ich würde gehängt werden und Sie desgleichen. Die schöne Kunigunde ist die Lieblingsmätresse Seiner Gnaden des Herrn Statthalters.« Das traf Candid wie ein Donnerschlag; lange weinte er; endlich nahm er Cacambo beiseite: »Mein teurer Freund«, sagte er zu ihm, »du weißt doch, was du jetzt tun mußt. Jeder von uns hat für fünf oder sechs Millionen Diamanten in der Tasche; du bist geschickter als ich; geh und entführe Fräulein Kunigunde aus Buenos Aires. Wenn der Statthalter irgendwelche Schwierigkeiten macht, gib ihm eine Million; will er dann noch nicht, gib ihm zwei; du hast keinen Inquisitor umgebracht, dir mißtraut niemand; ich werde ein anderes Schiff ausrüsten und erwarte dich in Venedig; das ist ein Freistaat, und man braucht sich weder vor Bulgaren, noch Abaren, noch Juden, noch Inquisitoren zu fürchten.« Cacambo zollte diesem weisen Entschluß Beifall. Zwar war er verzweifelt, daß er sich von einem so guten Herrn trennen solle, der sein trauter Freund geworden war; allein die Freude, ihm nützen zu können, trug den Sieg über den Trennungsschmerz davon. Sie umarmten einander und vergossen Tränen; Candid schärfte ihm ein, auf keinen Fall die gute Alte zu vergessen. Am gleichen Tage noch reiste Cacambo ab. Er war ein guter Kerl, dieser Cacambo.

Candid blieb noch kurze Zeit in Surinam und hielt Ausschau nach einem anderen Schiffsherrn, der ihn nach Italien hätte übersetzen können, ihn und die beiden ihm verbliebenen Widder. Er mietete Diener und kaufte alles, was für eine lange Seereise erforderlich war; endlich machte Herr Vanderdendur, der Eigner eines stolzen Schiffes, ihm seine Aufwartung. »Was verlangen Sie dafür«, fragte er diesen Mann, »mich, meine Leute, mein Gepäck und diese beiden Widder hier geradewegs nach Venedig zu bringen?« Der Schiffsherr verlangte zehntausend Piaster. Candid schlug ohne Zaudern ein.

Oh, oh, dachte der umsichtige Vanderdendur bei sich, dieser Fremde zahlt auf einen Hieb zehntausend Piaster! der muß mächtig reich sein. Kurze Zeit darauf kam er zurück und bedeutete Candid, unter zwanzigtausend könne er unmöglich segeln. »Gut, Sie sollen sie haben«, sagte Candid.

»Schau, schau«, sagte sich ganz leise der Kaufmann, »dieser Mann zahlt zwanzigtausend Piaster genau so gleichmütig wie zehntausend.« Abermals kam er zurück und sagte, unter dreißigtausend Piastern könne er ihn keinesfalls nach Venedig bringen. »Also gebe ich Ihnen dreißigtausend«, antwortete Candid.

»Oh, oh«, dachte abermals der holländische Kaufmann, »diesem Mann bedeuten dreißigtausend Piaster gar nichts; wahrscheinlich sind die beiden Widder mit unermeßlichen Schätzen beladen; wir wollen nicht weiter in ihn dringen; erst soll er uns einmal die dreißigtausend Piaster bezahlen;

das weitere wird sich dann schon finden.« Candid verkaufte zwei kleine Diamanten, von denen der kleinere wertvoller war als alles Geld, das der Schiffsherr verlangte. Er bezahlte ihn im voraus. Die beiden Widder wurden eingeschifft, Candid folgte in einem kleinen Boot, um zu dem auf der Reede liegenden Schiff zu gelangen; der Schiffsherr nützt seine Zeit aus, setzt alle Segel, fährt ab, der Wind ist ihm günstig. Der bestürzte und verdutzte Candid verliert ihn bald aus den Augen. »Ach«, rief er, »dieser Streich ist so recht der Alten Welt würdig.« Halbtot vor Schmerz kehrt er ans Ufer zurück; denn schließlich hatte er so viel verloren, daß er damit die Schulden von zwanzig Monarchen hätte bezahlen können.

Er begibt sich zum holländischen Richter, und da er ein wenig aufgeregt war, klopft er heftig an die Tür; er tritt ein, legt sein Mißgeschick dar und spricht dabei ein wenig lauter als üblich. Der Richter ließ ihn zunächst einmal für den Lärm, den er gemacht hatte, zehntausend Piaster bezahlen. Dann hörte er ihn geduldig an, verspricht, seine Sache sogleich nach der Rückkehr des Kaufmanns zu prüfen, und läßt sich als Kosten der Audienz weitere zehntausend Piaster bezahlen.

Dieses Verfahren brachte Candid vollends zur Verzweiflung; er hatte ja schon tausendmal Bitteres erduldet, aber die Kaltblütigkeit des Richters und des Schiffsherrn, der ihn bestohlen hatte, brachte seine Galle zum Überlaufen und stürzte ihn in düstere Melancholie. Die menschliche Nichtswürdigkeit bot sich seiner Seele in ihrer ganzen Häßlichkeit dar; er plagte sich mit trüben Gedanken. Endlich war ein französisches Schiff nach Bordeaux segelfertig; da er keine mit Diamanten bepackten Widder einzuschiffen hatte, mietete er eine billige Kajüte und ließ in der Stadt bekanntmachen, daß er für einen ehrlichen Mann, der die Reise mit ihm machen wolle, Überfahrt, Unterhalt und einen Lohn von zweitausend Piastern bezahlen werde; nur müsse dieser Mensch sein bisheriges Leben bis zum Ekel satt haben und der Unglücklichste der Provinz sein.

Eine Fülle von Bewerbern stellte sich ein; eine ganze Flotte hätte sie nicht aufnehmen können. Candid, der unter den ihm am geeignetsten erscheinenden zu wählen gedachte, suchte an die zwanzig Leute aus, die ihn verträglicher Natur dünkten und sämtlich des Vorzugs würdig zu sein behaupteten. Er lud sie in seinen Gasthof ein und gab ihnen ein Abendessen unter der Bedingung, daß ein jeder unter Eid getreulich seine Lebensgeschichte erzähle; er versprach, denjenigen zu wählen, der ihm am kläglichsten erscheine und mit seinem Dasein im wahrsten Sinne am meisten unzufrieden sei; die anderen sollten eine Entschädigung erhalten.
Die Sitzung dauerte bis vier Uhr morgens. Beim Anhören all dieser Lebensgeschichten mußte Candid dessen gedenken, was die Alte ihm bei der Abreise nach Buenos Aires gesagt hatte, und an ihre Wette, daß niemand auf dem Schiffe sei, den nicht schon sehr großes Unglück betroffen habe. Bei jeder Erzählung dachte er an Pangloß. »Dieser Pangloß«, sagte er, »würde jetzt Mühe haben, sein System zu beweisen. Ich wollte, er wäre hier. Wenn irgendwo alles gut ist, dann höchstens in Eldorado, nicht jedoch auf der übrigen Erde.«
Schließlich entschied er sich zugunsten eines armen Teufels von Gelehrtem, der zehn Jahre lang für die Amsterdamer Verleger gearbeitet hatte. Er war der Meinung, daß kein anderes Handwerk der Welt auf die Dauer so anekeln müsse.
Dieser Gelehrte, ein guter Mensch übrigens, war von seiner Frau bestohlen, von seinem Sohn verprügelt, von seiner Tochter verlassen worden, die sich von einem Portugiesen hatte entführen lassen. Er hatte gerade ein kleines Amt verloren, das ihn dürftig ernährte, und die Pfaffen in Surinam verfolgten ihn, weil sie ihn für einen Socinianer[30] hielten. Freilich muß zugegeben werden, daß die anderen mindestens ebenso unglücklich waren wie er; allein Candid hoffte, sich mit dem Gelehrten während der Reise die Langeweile vertreiben zu können. Alle seine Nebenbuhler behaupteten, Candid habe ihnen schreckliches Unrecht zugefügt; aber er beschwichtigte sie dadurch, daß er jedem hundert Piaster schenkte.

ZWANZIGSTES KAPITEL

Was Candid und Martin auf dem Meere erlebten

Der alte Gelehrte, der Martin hieß, schiffte sich also mit Candid nach Bordeaux ein. Sie hatten beide viel erlebt und viel gelitten; und auch wenn das Schiff von Surinam über das Kap der Guten Hoffnung nach Japan hätte segeln müssen, würden sie während der ganzen Fahrt Unterhaltungsstoff die Fülle über das moralische und das physische Übel gehabt haben.

Indessen genoß Candid Martin gegenüber eines großen Vorteils, denn er hoffte noch immer, Fräulein Kunigunde wiederzusehen, während Martin nichts mehr zu hoffen hatte; überdies besaß er Gold und Diamanten; und obwohl er hundert große rote, mit den gewaltigsten Schätzen der Erde beladene Widder eingebüßt hatte, obwohl die Schuftigkeit des holländischen Schiffsherrn immerfort an seinem Herzen nagte, faßte er dennoch heimlich abermals Neigung für Pangloß' System, wenn er von Kunigunde sprach, zumal gegen Ende der Mahlzeiten.

»Aber Sie, Herr Martin«, sagte er zu dem Gelehrten, »wie denken Sie über all das? Welche Gedanken machen Sie sich über das moralische und das physische Übel?« – »Verehrter Herr«, antwortete Martin, »unsere Geistlichen haben mich verklagt, ich sei Socinianer; in Wahrheit bin ich jedoch Manichäer[31].« – »Sie haben mich zum besten«, sagte Candid, »Manichäer gibt es nicht mehr.« – »Ich bin einer«, sagte Martin, »ich kann mir nicht helfen; aber anders zu denken vermag ich nicht.« – »Sie müssen den Teufel im Leib haben«, sagte Candid. – »Er mischt sich so stark in die Händel dieser Welt«, sagte Martin, »daß er ebensogut in meinem Leib als irgendwo anders stecken könnte; aber offen gestanden, wenn ich unsere Erdkugel, oder besser unser Erdkügelchen betrachte, dann meine ich, Gott habe es irgendeinem böswilligen Wesen preisgegeben; Eldorado nehme ich natürlich aus. Ich habe noch keine Stadt gesehen, die nicht den Ruin ihrer

Nachbarstadt gewünscht, keine Familie, die nicht den Untergang irgendeiner anderen erstrebt hätte. Überall fluchen die Schwachen den Mächtigen, vor denen sie kriechen, und die Mächtigen behandeln sie wie das Vieh, dessen Wolle und Fleisch verkauft werden. Eine Million gedrillter Meuchelmörder metzelt und raubt von einem Ende Europas zum anderen nach allen Regeln der Kunst um ihres Soldes willen, denn kein Handwerk gilt als so ehrenvoll wie das ihrige; und in den Städten, die des Friedens zu genießen scheinen, in denen die Künste blühen, werden die Menschen von mehr Neid, Sorge und Unruhe verzehrt, als eine belagerte Stadt unter feindlicher Beschießung leidet. Die geheimen Leiden sind noch quälender als das zur Schau getragene Elend. Mit einem Wort, ich habe so viel von all dem gesehen, so viel erlitten, daß ich Manichäer geworden bin.«

»Indessen gibt es doch auch Gutes«, erwiderte Candid. »Das mag sein«, sagte Martin, »aber ich habe nichts davon gemerkt.«

Mitten in diesen Disput hinein donnerten Kanonenschüsse. Mit jedem Augenblick verdoppelte sich das Getöse. Jeder langte nach seinem Fernrohr. Man wurde zweier Schiffe gewahr, die in einer Entfernung von ungefähr drei Meilen miteinander kämpften. Der Wind trieb beide so nah an das französische Schiff heran, daß man gemächlich genießend dem Kampf zuschauen konnte. Endlich gab das eine der beiden Schiffe dem andern eine so tiefsitzende und wohlgezielte Breitseite, daß es kenterte und sank. Candid und Martin sahen ganz genau an die hundert Menschen auf dem Deck des untergehenden Schiffes; alle hoben die Hände zum Himmel und stießen ein schreckliches Jammergeschrei aus; im nächsten Augenblick war alles verschlungen.

»Sehen Sie«, sagte Martin, »so gehen die Menschen miteinander um.« – »Zugegeben«, sagte Candid, »daß diese ganze Geschichte etwas Teuflisches hatte.« Während er so redete, erblickte er irgend etwas leuchtend Rotes, das in der Nähe seines Schiffes schwamm. Ein Boot wurde flottgemacht, um nachzuschauen, was das sein könne; es war einer seiner Wid-

der. Candid freute sich weit mehr, diesen Widder wiederzubekommen, als ihn der Verlust der hundert anderen mit dicken Eldorado-Diamanten bepackten bekümmert hatte.
Der französische Kapitän bekam bald heraus, daß der Kapitän des siegreichen Schiffes ein Spanier gewesen sei und der des versenkten ein holländischer Seeräuber, der gleiche, der Candid bestohlen hatte. Die unermeßlichen Reichtümer, deren dieser Schurke sich bemächtigt hatte, waren mit ihm im Meer begraben; nichts war gerettet worden als ein Widder. »Sehen Sie«, sagte Candid zu Martin, »manchmal finden Übeltaten ihre Strafe; diesem Schuft von holländischem Schiffsherrn ist das Schicksal zuteil geworden, das er verdiente.« – »Jawohl«, sagte Martin, »aber mußten deshalb seine Passagiere ebenfalls umkommen? Gott hat diesen Bösewicht bestraft, aber die anderen hat der Teufel ersäuft.«
Währenddessen setzten das französische und das spanische Schiff ihre Reise fort, und Candid setzte sein Gespräch mit Martin fort. Vierzehn Tage lang disputierten sie ohne Unterbrechung, und am Ende des fünfzehnten Tages waren sie nicht weiter als am ersten. Aber schließlich sprachen sie doch wenigstens, sie teilten einander ihre Gedanken mit, sie trösteten einander. Candid streichelte seinen Widder: »Dich habe ich wiedergefunden, also werde ich wohl auch Kunigunde wiederfinden.«

EINUNDZWANZIGSTES KAPITEL

Candid und Martin nähern sich den Küsten Frankreichs unter mancherlei erbaulichen Gesprächen

Endlich tauchten die Küsten Frankreichs auf. »Sind Sie jemals in Frankreich gewesen, Herr Martin?« fragte Candid. »Ja«, sagte Martin, »ich habe mehrere Provinzen durchwandert. In manchen ist die Hälfte der Einwohner blödsinnig, in manchen sind sie mehr als gerieben, in manchen sind sie gemeinhin ziemlich gutartig und ziemlich dumm; in anderen wieder spielen sie sich als Schöngeister auf; in allen ist die Liebe die Hauptbeschäftigung, die zweite die Klatschsucht und die dritte das Schwatzen von Plattheiten.« – »Aber sind Sie denn auch in Paris gewesen, Herr Martin?« – »Ja, Paris kenne ich; dort sind alle diese Eigenschaften vereinigt; es ist ein Chaos, ein Gedränge, in dem jeder den Genuß sucht und kaum einer ihn findet, so wenigstens kam es mir vor. Ich hielt mich dort nur kurze Zeit auf; bei meiner Ankunft bestahlen mich Spitzbuben auf dem Jahrmarkt zu St. Germain. Obendrein wurde ich selber für einen Dieb gehalten und wanderte auf acht Tage ins Gefängnis; hernach wurde ich Korrektor an einer Druckerei, bis ich mir so viel verdient hatte, daß ich zu Fuß nach Holland zurückkehren konnte. Ich kenne den schreibenden Pöbel, den kabalisierenden Pöbel und den religiös verzückten Pöbel[32]. Die Leute in jener Stadt sollen sehr höflich sein; ich will's glauben.«

»Was mich betrifft, so verspüre ich keinerlei Neugier, Frankreich kennenzulernen«, sagte Candid. »Sie können sich wohl denken, daß, wenn man einen Monat in Eldorado gewesen ist, man nichts auf Erden mehr beachtet, außer Fräulein Kunigunde. Ich erwarte sie in Venedig, wir werden also durch Frankreich nach Italien reisen; wollen Sie mich nicht begleiten?« – »Sehr gern«, sagte Martin; »zwar soll Venedig nur für die venezianischen Adligen etwas taugen, aber dessen ungeachtet sollen auch Fremde dort wohl aufgenommen werden, sofern sie viel Geld haben; ich habe keins, aber Sie, also werde ich mitkommen.« – »Was ich sagen wollte«, sagte Candid, »glauben Sie auch, daß die Erde früher ein Meer war, wie es in diesem dicken, dem Kapitän gehörenden Buch behauptet wird?« – »Kein Wort davon glaube ich«, sagte Martin, »und ebensowenig die anderen Narrheiten, die man uns seit einiger Zeit auftischt.« – »Aber zu welchem Zweck ist die Welt geschaffen worden?« fragte Candid. – »Um uns rasend zu machen«, antwortete Martin. – »Wundert es Sie nicht«, fuhr Candid fort, »daß die beiden Mädchen im Lande der Langohr-Indianer jene beiden Affen so lieb hatten? Ich habe Ihnen die Geschichte ja erzählt.« – »Ganz und gar nicht«, sagte Martin, »ich sehe nicht ein, was an dieser Leidenschaft Merkwürdiges sein soll; ich habe so viel Außergewöhnliches gesehen, daß es für mich nichts Außergewöhnliches mehr gibt.« – »Glauben Sie«, sagte Candid, »daß die Menschen sich zu allen Zeiten gegenseitig abgeschlachtet haben, wie sie es heutzutage tun; daß sie immer Lügner, Schurken, Wortbrecher, Undankbare, Räuber, Schwächlinge, Diebe, Feiglinge, Neidhälse, Schlemmer, Trunkenbolde, Geizkragen, Ehrsüchtige, Bluthunde, Verleumder, Schwelger, Fanatiker, Heuchler und Narren gewesen sind?« – »Glauben Sie«, sagte Martin, »daß die Habichte immer Tauben gefressen haben, wenn sie gerade welche fanden?« – »Natürlich«, sagte Candid. »Nun also«, sagte Martin, »wenn die Habichte sich immer gleich geblieben sind, warum sollten sich dann die Menschen geändert haben?« – »Oh!« sagte Candid, »da ist denn doch ein Unterschied, denn die Willensfreiheit . . .« Unter solcherlei erbaulichen Gesprächen kamen sie in Bordeaux an.

ZWEIUNDZWANZIGSTES KAPITEL

Was mit Candid und Martin in Frankreich geschah

Candid hielt sich nur so lange in Bordeaux auf, wie nötig war, um einige Kleinodien aus Eldorado zu verkaufen und sich einen guten zweisitzigen Reisewagen zuzulegen; denn ohne seinen Philosophen Martin konnte er nicht mehr auskommen; es war ihm sehr schmerzlich, sich von seinem Widder zu trennen, den er der Akademie der Wissenschaften zu Bordeaux überließ, die es zum Gegenstand der Preisfrage für das laufende Jahr machte, weshalb die Wolle dieses Widders rot sei; der Preis wurde einem nordischen Gelehrten zuerkannt, der mittels A plus B minus C dividiert durch Z bewies, der Widder müsse rot sein und an den Schafpocken sterben.

Mittlerweile erzählten alle Reisenden, die Candid in den Herbergen an der Landstraße traf, sie wollten nach Paris. Dieser allgemeine Drang gab ihm schließlich den Entschluß ein, sich jene Hauptstadt anzuschauen; dieser Abstecher bedeutete ja keinen Umweg auf der Reise nach Venedig.
Er fuhr durch die Vorstadt St. Marceau in Paris ein und glaubte im schmutzigsten Nest Westfalens zu sein.
Kaum war Candid in seiner Herberge angelangt, als ihn eine leichte, durch Überanstrengung verursachte Krankheit befiel. Da er einen riesigen Diamanten am Finger trug und da sich in seinem Gepäck eine sehr gewichtige Kassette befand, stellten sich alsbald zwei Ärzte ein, die er nicht gerufen hatte, ferner einige getreue Freunde, die nicht von seiner Seite wichen, sowie zwei Betschwestern, die ihm seine Suppen aufwärmten. Martin sagte: »Ich erinnere mich, daß ich bei meiner ersten Reise auch einmal in Paris krank geworden bin; ich war verteufelt arm, daher fand ich weder Freunde, noch Betschwestern, noch Ärzte; und deswegen wurde ich wieder gesund.«
Infolge der Arzeneien und Aderlässe wendete Candids Krankheit sich zum Schlimmen. Ein Pfarrgehilfe des Stadtviertels erschien und bot ihm salbungsvoll einen Fahrschein ins Jenseits an, zahlbar an den Überbringer. Candid wollte nichts damit zu tun haben. Die Betschwestern versicherten ihm, das sei jetzt Mode. Candid antwortete, er sei ganz und gar kein Modemensch. Martin wollte den Pfarrgehilfen zum Fenster hinauswerfen. Der Pfaffe schwur, dann würde Candid eben nicht begraben werden. Martin schwur, er seinerseits werde den Pfaffen begraben, wenn er sie weiterhin belästige. Der Streit wurde hitziger, Martin ergriff den Geistlichen beim Kragen und warf ihn brüsk hinaus; ein großer Skandal entstand, aus dem sich dann später ein Beleidigungsprozeß entwickelte.
Candid gesundete, und während seiner Genesung hatte er allabendlich zum Essen eine glänzende Gesellschaft um sich. Es wurde sehr hoch gespielt. Candid war höchst erstaunt, daß sich kein einziges As zu ihm verirrte. Martin staunte nicht.

Unter denjenigen, die ihm die Honneurs der Stadt erwiesen, befand sich ein kleiner Abbé aus dem Périgord, einer jener beflissenen, ewig munteren, ewig diensteifrigen, zudringlichen, schmeichlerischen Kriecher, die den Fremden auf der Straße abfangen, ihm Skandalgeschichten aus der Stadt erzählen und Liebesfreuden in jeder Preislage anbieten. Dieser führte Candid und Martin zunächst einmal ins Schauspielhaus. Eine neue Tragödie wurde gespielt. Candid erhielt einen Sitz in der Nähe von ein paar Schöngeistern. Bei einigen vollendet gespielten Auftritten konnte er nicht umhin, zu weinen. Einer der Schwätzer an seiner Seite sagte ihm während des Zwischenaktes: »Sie weinen zu Unrecht; jene Schauspielerin ist elend schlecht, ihr Partner ist noch schlechter, das Stück dagegen ist womöglich noch schlechter als die Darsteller; der Autor kann keine Silbe Arabisch, und dabei spielt die Sache in Arabien, und was das Schlimmste ist, der Kerl glaubt nicht an die Urexistenz der Ideen; morgen werde ich Ihnen zwanzig Broschüren gegen ihn bringen.« – »Wieviel Theaterstücke gibt es wohl in Frankreich?« fragte Candid den Abbé, der erwiderte: »Fünf- bis sechstausend.« – »Das ist viel«, sagte Candid; »wie viele davon sind gut?« – »Fünfzehn oder sechzehn«, antwortete der andere. – »Das ist viel«, sagte Martin.
Candid bezeigte sich recht befriedigt über eine Schauspielerin, die in einer ziemlich seichten Tragödie[33], die bisweilen aufgeführt wurde, die Königin Elisabeth spielte. »Diese Schauspielerin«, sagte er zu Martin, »gefällt mir sehr; sie hat eine flüchtige Ähnlichkeit mit Fräulein Kunigunde; nur zu gern möchte ich sie kennenlernen.« Der Abbé aus dem Périgord erbot sich, ihn bei ihr einzuführen. Der in Deutschland erzogene Candid fragte, welche Etikette er dabei zu beobachten habe und wie man in Frankreich die englischen Königinnen behandle? »Das kommt drauf an«, sagte der Abbé; »in der Provinz führt man sie ins Gasthaus; in Paris schätzt man sie, wenn sie schön sind, und wirft sie auf den Schindanger, wenn sie tot sind.« – »Königinnen auf den Schindanger!« rief Candid. – »Ja freilich«, sagte Martin;

»der Herr Abbé hat recht; ich bin in Paris gewesen, als Fräulein Monime[34], wie man zu sagen pflegt, aus diesem Leben in das andere hinüberwechselte; es wurde ihr verweigert, was die Leute ›ein ehrliches Begräbnis‹ nennen, das heißt: zusammen mit allem Lumpenpack des gleichen Stadtviertels auf einem abscheulichen Friedhof zu verfaulen; sie wurde von ihrer Truppe ganz allein an der Ecke der Rue de Bourgogne eingescharrt; das muß für sie eine große Pein gewesen sein, denn sie dachte edel.« – »Das ist sehr unhöflich«, sagte Candid. – »Nichts zu machen«, antwortete Martin; »die Leute sind hier nun mal so. Denken Sie sich die größtmöglichen Widersprüche und Ungereimtheiten aus, und Sie werden sie in der Regierung, in den Gerichtshöfen, den Kirchen, den Schauspielen dieses komischen Volkes finden.« – »Wird in Paris tatsächlich immerfort gelacht?« fragte Candid. – »Ja«, sagte der Abbé; »aber die Leute lachen vor Wut; denn man beklagt sich hier über alles durch schallendes Gelächter; man lacht sogar dabei, wenn man die abscheulichsten Taten begeht.«
»Wer war«, fragte Candid, »das dicke Schwein, das das Stück[35] so heruntergemacht hat, in dem ich so schluchzen mußte, und die Schauspieler, die mir so gefallen haben?« – »Das ist ein zweibeiniges Übel«, antwortete der Abbé, »einer, der seinen Lebensunterhalt damit verdient, daß er alle Stücke und alle Bücher herunterreißt; er haßt jeden, der Erfolg hat, wie die Eunuchen die Genießenden hassen; er ist eine der Literaturschlangen, die sich von Schlamm und Gift nähren; er ist ein Zeilenschinder.« – »Was verstehen Sie unter einem Zeilenschinder?« fragte Candid. – »Das ist«, sagte der Abbé, »ein Zeitungsschreiber, ein Fréron[36].«
Auf solcherlei Weise unterhielten sich Candid, Martin und der Abbé aus dem Périgord auf der Treppe, während die Menge nach Theaterschluß an ihnen vorüberflutete. »Obwohl ich es überaus eilig habe, Fräulein Kunigunde wiederzusehen«, sagte Candid, »möchte ich dennoch mit Fräulein Clairon[37] zu Abend essen; sie hat einen wunderbaren Eindruck auf mich gemacht.«

Der Abbé war nicht der Mann danach, bei Fräulein Clairon zu verkehren, die nur der guten Gesellschaft Angehörende empfing. »Für heute abend ist sie besetzt«, sagte er; »aber ich möchte mir die Ehre geben, Sie zu einer adligen Dame zu führen, bei der Sie Paris kennenlernen können, als hätten Sie bereits vier Jahre hier gelebt.«

Candid, der von Natur neugierig war, ließ sich zu der Dame führen, die in einem entlegenen Winkel des Faubourg St. Honoré wohnte; es wurde bei ihr Pharao gespielt; zwölf trübselige Partner hielten jeder ein paar Karten in der Hand, törichte Verzeichnisse ihres Mißgeschicks. Tiefes Schweigen herrschte; auf den Stirnen der Spieler lag Blässe, auf der des Bankhalters unruhige Spannung; und die Dame des Hauses, die neben jenem unbarmherzigen Bankhalter saß, lauerte mit Luchsaugen auf alle Parolis, alle unerlaubten Kniffe, die jeder der Spieler an seinen Karten anzubringen suchte; mit strenger, aber höflicher Aufmerksamkeit ließ sie die heimlichen Kniffe wieder beseitigen; sie wurde kein einziges Mal böse, aus Angst, ihre Kunden zu verlieren: die Dame ließ sich »die Marquise von Parolignac« nennen. Ihre fünfzehnjährige Tochter saß unter den Gegenspielern und verriet mit einem Augenzwinkern alle Betrügereien, mit denen diese armen Leute die Grausamkeit des Schicksals auszugleichen suchten. Der Abbé aus dem Périgord, Candid und Martin traten ein; keiner stand auf, keiner grüßte sie, keiner schenkte ihnen einen Blick; alle waren tief mit ihren Karten beschäftigt. »Die Frau Baronin von Thunder-ten-tronckh war höflicher«, sagte Candid.

Unterdessen beugte der Abbé sich zum Ohr der Marquise, die sich halb erhob und Candid durch ein anmutiges Lächeln, Martin durch ein überaus vornehmes Kopfneigen ehrte; sie ließ Candid einen Stuhl und ein Kartenspiel bringen, und er verlor in zwei Runden fünfzigtausend Francs; danach wurde in vergnügtester Stimmung zu Abend gegessen, und alle wunderten sich, daß Candid ob seines Verlustes ganz ungerührt blieb; die Diener sagten einander in ihrem Lakaienkauderwelsch: »Das muß irgendein englischer Lord sein.«

Das Mahl verlief wie die meisten Abendessen in Paris; anfangs herrschte Schweigen, dann ein solcher Lärm von Durcheinandersprechen, daß kein Wort zu verstehen war; darauf wurden Witze gemacht, von denen die meisten abgeschmackt waren; falsche Gerüchte wurden aufgetischt, törichte Betrachtungen, etwas Politik und viel Bosheit; sogar von neuen Büchern wurde gesprochen. »Haben Sie«, fragte der Abbé aus dem Périgord, »den Roman des Doktors der Theologie Gauchat[38] zu Gesicht bekommen?« – »Ja«, antwortete einer der Gäste; »aber ich habe ihn nicht zu Ende lesen können. Es gibt bei uns zwar eine Fülle von frechen, gegen den gesunden Menschenverstand verstoßenden Sudeleien, aber alle zusammen reichen sie nicht an die Frechheit des Doktors der Theologie Gauchat heran; ich habe die Riesenmenge widerwärtiger Bücher, mit der wir überschwemmt werden, so satt, daß ich mich aufs Pharao verlegt habe.« – »Und die verrückten Schriften des Archidiakonus Trublet[39], was halten Sie davon?« fragte der Abbé. – »Ach!« sagte Frau von Parolignac, »dabei langweilt man sich zu Tode. Er tritt begierig breit, was jedermann schon weiß! Er streitet gewichtig über Dinge, die nicht einmal leichthin erwähnt zu werden brauchten! Er eignet sich auf eine geistlose Weise den Geist der andern an! Er verdirbt, was er gestohlen hat! Er ekelt mich an! Aber er soll mich künftig nicht mehr anekeln; man hat genug, wenn man nur ein paar Seiten des Archidiakonus gelesen hat.«
Es saß bei Tische ein kenntnisreicher Mann von Geschmack, der das, was die Marquise sagte, unterstützte. Dann wurde von Tragödien[40] gesprochen; die Dame fragte, warum es Tragödien gebe, die man zwar bisweilen spiele, die aber niemand lesen könne? Der Mann von Geschmack setzte sehr schön auseinander, wie ein Stück wohl einige Anteilnahme erwecken und dennoch nahezu wertlos sein könne; er bewies mit wenigen Worten, daß es nicht genüge, eine oder zwei jener Situationen herbeizuführen, wie man sie in allen Romanen findet und wie sie die Zuschauerschaft stets verführen, sondern daß es darauf ankomme, ohne verstiegene Ver-

zerrungen neuartig zu sein, oft erhaben und stets natürlich, wie man das menschliche Herz kennen und zum Sprechen bringen, wie man ein großer Dichter sein müsse, ohne daß eine Gestalt des Stückes selber wie ein Dichter anmute; wie man seine Sprache vollkommen beherrschen, sie rein sprechen müsse, voll unaufhörlicher Harmonie, ohne daß jemals auf Kosten des Sinnes gereimt würde. »Jeder kann«, fügte er hinzu, »ohne diese Regeln zu beobachten, zwei oder drei Tragödien schreiben, die im Theater beifällig aufgenommen werden, ohne daß er jemals den Autoren von Rang zugezählt würde; es gibt sehr wenige gute Tragödien; die einen sind glatt geschriebene und gut gereimte dialogisierte Idyllen, die andern politische Betrachtungen, bei denen man einschläft, oder Weitschweifigkeiten, die abstoßend wirken; wieder andere sind Traumgespinste Besessener in einem barbarischen Stil, abgerissene Reden, lange Ansprachen an die Götter, weil der Autor nicht zu den Menschen zu sprechen versteht, falsche Lebensregeln und aufgeblasene Gemeinplätze.«

Candid hörte aufmerksam diesen Ausführungen zu und bekam eine gewaltige Meinung von dem Sprecher, und da die Marquise ihn vorsorglich neben sich gesetzt hatte, näherte er sich ihrem Ohr und nahm sich die Freiheit, sie zu fragen, wer der Herr sei, der so vortrefflich zu sprechen wisse. »Ein Gelehrter«, sagte die Dame, »der keine Karte anrührt und den der Abbé manchmal zum Essen mitbringt; er versteht sich vortrefflich auf Tragödien und Bücher, hat selber eine Tragödie geschrieben, die ausgepfiffen worden ist, und ein Buch, von dem man außerhalb des Ladens seines Buchhändlers nur ein einziges Exemplar zu sehen bekommen hat, nämlich das, das er mir dediziert hat.« – »Welch ein großer Mann«, sagte Candid; »er ist ein zweiter Pangloß.«

Darauf wandte er sich an den Betreffenden und sagte: »Sicherlich sind auch Sie der Meinung, daß in der physischen und moralischen Welt alles aufs beste eingerichtet ist und daß nichts anders sein könnte?« – »Ich«, antwortete der Gelehrte, »bin durchaus nicht dieser Ansicht; ich finde vielmehr, daß bei uns alles verkehrt geht; daß bei uns keiner weder seinen Rang noch seine Aufgabe kennt, noch weiß, was er treibt oder was er treiben sollte, und daß man mit Ausnahme der Mahlzeiten hier, die recht erfreulich sind und bei denen man einträchtig beieinander zu sitzen scheint, alle übrige Zeit mit nichtsnutzigen Streitigkeiten verbringt, Jansenisten wider Molinisten[41], Parlamentsrichter wider Kirchenleute, Literaten wider Literaten, Höflinge wider Höflinge, Geldleute wider das Volk, Frauen wider Männer, Verwandte wider Verwandte; es ist ein ewiger Krieg.«

Candid entgegnete ihm: »Ich habe Schlimmeres erlebt; aber ein Weiser, der inzwischen das Unglück gehabt hat, gehängt worden zu sein, hat mich gelehrt, alles sei herrlich: und was Sie bemängeln, seien lediglich die Schattenpartien auf einem schönen Gemälde.« – »Ihr Gehängter hat sich über die Welt lustig gemacht«, sagte Martin; »ihre Schattenpartien sind grauenhafte Schandflecken.« – »Die Menschen machen die Schandflecken«, sagte Candid; »sie können nun einmal nicht anders.« – »Dann ist es also nicht ihre Schuld«, sagte Martin. Die meisten der Spieler, die sich auf dergleichen Gespräche nicht verstanden, tranken; und Martin stritt sich mit dem Gelehrten herum, und Candid erzählte der Dame des Hauses einen Teil seiner Abenteuer.

Nach dem Essen führte die Dame Candid in ihr Kabinett und ließ ihn auf einem Sofa Platz nehmen. »Nun?« fragte sie ihn; »Sie lieben also noch immer Fräulein Kunigunde von Thunder-ten-tronckh mit gleicher Inbrunst?« – »Ja, Gnädigste«, antwortete Candid. Die Marquise antwortete ihm mit zärtlichem Lächeln: »Sie antworten mir wie ein junger Mann aus Westfalen; ein Franzose würde mir gesagt haben: ›Zwar habe ich Fräulein Kunigunde geliebt, aber als ich Sie erblickte, fürchtete ich, ich liebte sie nicht mehr.‹« – »Ach, Gnädigste«, sagte Candid, »ich antworte ganz wie Sie es wollen.« – »Ihre Leidenschaft zu ihr«, sagte die Marquise, »fing damit an, daß Sie ihr Taschentuch aufhoben; ich möchte, daß Sie mir mein Strumpfband aufheben.« – »Von Herzen gern«, sagte Candid und tat es. »Aber ich möchte, daß Sie es mir auch wieder anlegen«, sagte die Dame; und Candid legte es ihr wieder an. »Sehen Sie?« sagte die Dame; »Sie sind ein Ausländer; meine Pariser Liebhaber lasse ich bisweilen vierzehn Tage lang schmachten; aber Ihnen schenke ich mich schon in der ersten Nacht, weil es sich ziemt, daß ich gegenüber einem jungen Manne aus Westfalen die Ehre meines Landes würdig vertrete.« Die Schöne hatte an den Händen ihres jungen Freundes zwei riesengroße Diamanten bemerkt und lobte sie so treuherzig, daß sie von Candids Fingern an die der Marquise wanderten.

Als Candid mit seinem Abbé aus dem Périgord den Heimweg antrat, empfand er einige Gewissensbisse darüber, daß er Fräulein Kunigunde untreu gewesen sei; der Herr Abbé bezeigte Mitgefühl mit seinem Schmerz; er bekam nur einen ziemlich geringen Anteil an den fünfzigtausend Francs, die Candid beim Spiel verloren, und an den beiden Diamanten, die er halb verschenkt, halb sich hatte ablocken lassen. Er hatte die Absicht, die Vorteile, die die Bekanntschaft mit Candid für ihn mit sich brachte, nach Kräften auszunutzen. Er sprach immerfort von Kunigunde; und Candid sagte ihm, daß er die Schöne seiner Untreue wegen herzlich um Verzeihung bitten wolle, wenn er sie in Venedig wiedersehe.

Der Mann aus dem Périgord verdoppelte seine Liebenswürdigkeit und seine Aufmerksamkeiten und nahm ein zartfühlendes Interesse an allem, was Candid sagte, an allem, was er tat, an allem, was er tun wollte. »Sie haben also, verehrter Herr«, fragte er ihn, »eine Verabredung in Venedig?« – »Ja, Herr Abbé«, sagte Candid; »ich muß dort unbedingt Fräulein Kunigunde treffen.« Und im Überschwang des Glücksgefühls, von der Geliebten sprechen zu können, erzählte er gegen seine Gewohnheit einen Teil seiner Abenteuer mit jener erlauchten Tochter Westfalens.

»Ich kann mir denken«, sagte der Abbé, »daß Fräulein Kunigunde sehr geistreich ist und entzückende Briefe schreibt.« – »Ich habe niemals einen von ihr bekommen«, sagte Candid; »denn stellen Sie sich doch vor, daß ich um meiner Liebe zu ihr willen aus dem Schlosse gejagt wurde, da konnte ich ihr schlechterdings nicht schreiben; daß ich bald danach hörte, sie sei tot; daß ich sie dann wiederfand und wieder verlor; und daß ich ihr über zweitausendfünfhundert Meilen von hier einen Eilboten geschickt habe, auf dessen Nachricht ich warte.«

Aufmerksam lauschte der Abbé, und dabei schien es, als denke er ein wenig nach. Er verabschiedete sich zeitig von den beiden Ausländern, nachdem er sie zärtlich umarmt hatte. Am nächsten Morgen erhielt Candid beim Erwachen ein Briefchen folgenden Inhalts:

»Mein Heißgeliebter! Seit acht Tagen liege ich krank in dieser Stadt, und soeben erfahre ich, Sie seien hier. Ich flöge in Ihre Arme, wenn ich mich rühren könnte. Ich hörte in Bordeaux von Ihrer Reise, und dort habe ich den treuen Cacambo und die Alte zurückgelassen; sie werden bald nachkommen. Der Statthalter von Buenos Aires hat mir alles genommen, doch mir bleibt ja Ihr Herz. Kommen Sie, Ihre Nähe wird mich dem Leben wiederschenken oder mich vor Lust sterben lassen.«

Dieser entzückende, dieser unverhoffte Brief erfüllte Candid mit einer unaussprechlichen Freude; und die Krankheit seiner teuren Kunigunde überschüttete ihn mit Schmerz. Schwankend zwischen diesen beiden Gefühlen nimmt er sein Gold und seine Diamanten und läßt sich und Martin nach dem Gasthof führen, wo Fräulein Kunigunde wohnte. Zitternd vor Erregung tritt er ein, sein Herz schlägt wild, seine Stimme erstickt in Tränen; er will die Bettvorhänge zurückschlagen, er will Licht machen: »Um Gottes willen, lassen Sie das«, ruft die Aufwärterin, »Licht tötet sie«; und sogleich schließt sie den Fenstervorhang. »Meine teure Kunigunde«, sagt Candid schluchzend, »wie geht es Ihnen? Wenn Sie mich nicht sehen dürfen, so sprechen Sie doch wenigstens mit mir.« – »Sie kann nicht sprechen«, sagte die Aufwärterin. Die Dame streckte eine mollige Hand aus dem Bett hervor, die Candid lange mit seinen Tränen benetzte und schließlich mit Diamanten füllt; einen Beutel voll Gold legt er auf den Lehnstuhl.

Mitten hinein in diese rührende Szene schneit ein Gerichtsdiener, ihm folgen der Abbé aus dem Périgord und eine Eskorte. »Das also«, sagte er, »sind die beiden verdächtigen Fremden?« Sogleich läßt er sie verhaften und befiehlt seinen Leuten, sie ins Gefängnis zu schleppen. »In Eldorado werden die Reisenden anders behandelt«, sagte Candid. »Ich bin mehr Manichäer als je«, sagte Martin. »Aber wohin führen Sie uns denn, Herr Gerichtsdiener?« fragte Candid. »Ins Kerkerloch«, sagte der Gerichtsdiener.

Martin, der seine Kaltblütigkeit wiedererlangt hatte, war überzeugt, daß die angebliche Kunigunde eine Betrügerin sei und der Abbé aus dem Périgord ein Betrüger, der Candids Unschuld sich behend zunutze gemacht hatte, und der Gerichtsdiener ein weiterer Betrüger, dessen man sich leicht entledigen könne.

Um den Weitschweifigkeiten einer Gerichtsverhandlung zu entgehen, bot der alsbald aufgeklärte Candid, den es überdies unablässig drängte, die richtige Kunigunde wiederzusehen, dem Gerichtsdiener drei kleine Diamanten im Werte von je dreitausend Pistolen an. »Ach, gnädiger Herr«, sagte ihm der Mann mit dem Elfenbeinstab, »und hätten Sie alle nur ausdenkbaren Verbrechen auf dem Gewissen, Sie sind der ehrlichste Mensch der Welt; drei Diamanten, jeder zu dreitausend Pistolen! Gnädiger Herr, eher würde ich mich für Sie totschlagen lassen, als daß ich Sie ins Loch steckte. Alle Ausländer werden jetzt verhaftet; aber lassen Sie mich nur machen. Ich habe einen Bruder zu Dieppe in der Normandie, zu dem werde ich Sie bringen, und wenn Sie dem auch einen Diamanten geben, wird er genauso gut für Sie sorgen wie ich.«

»Und warum werden alle Ausländer verhaftet?« fragte Candid. Nun ergriff der Abbé aus dem Périgord das Wort und sagte: »Das geschieht, weil einem Lumpen aus dem Artois[42] Dummheiten in den Kopf gesetzt worden sind, die ihn zu einem Vatermord angeregt haben, nicht solchem, wie dem vom Mai 1610[43], sondern wie dem vom Dezember 1594[44], und wie noch mehrere andere in anderen Jahren und ande-

ren Monaten von anderen Lumpen begangen worden sind, die Dummheiten hatten sagen hören.«
Darauf setzte ihnen der Gerichtsdiener auseinander, um was es sich handelte. »Oh, die Ungeheuer«, rief Candid, »solch entsetzliche Dinge bei einem Volk, das tanzt und singt! So schnell wie möglich hinaus aus diesem Lande, wo Affen Tiger reizen! In meiner Heimat habe ich Bären gesehen; Menschen sah ich nur in Eldorado. Um Gottes willen, Herr Gerichtsdiener, bringen Sie mich nach Venedig, wo ich Fräulein Kunigunde erwarten muß.« – »Ich kann Sie nur bis zur Basse-Normandie bringen«, sagte der Hüter des Gesetzes. Alsbald läßt er ihm die Eisenfesseln abnehmen, sagt, er habe sich geirrt, schickt seine Leute fort und geleitet Candid und Martin nach Dieppe, wo er sie seinem Bruder überläßt. Just lag ein kleines holländisches Schiff auf der Reede. Der Normanne war mittels dreier weiterer Diamanten zum dienstbeflissensten aller Menschen geworden; er brachte Candid samt Gefolge auf das Schiff, das nach Portsmouth in England unter Segel ging. Das war nicht gerade der nächste Weg nach Venedig; allein Candid glaubte sich der Hölle entronnen und nahm sich fest vor, bei der erstbesten Gelegenheit aufs neue gen Venedig aufzubrechen.

DREIUNDZWANZIGSTES KAPITEL

Candid und Martin fahren nach England; was sie dort sehen

»O Pangloß! Pangloß! O Martin, Martin! O meine teure Kunigunde! Was ist die Welt eigentlich?« sagte Candid auf dem holländischen Schiff. – »Etwas ziemlich Verrücktes und ziemlich Abscheuliches«, antwortete Martin. – »Sie kennen England; sind die Leute dort ebenso verrückt wie in Frankreich?« – »Auf eine andere Weise«, sagte Martin; »es ist Ihnen doch bekannt, daß diese beiden Nationen um einige

Klafter Schnee in der Gegend von Kanada Krieg führen und daß dieser schöne Krieg sie weit mehr kostet, als das ganze Kanada wert ist?[45] Ihnen ganz genau zu sagen, ob in dem einen Lande mehr Leute eingesperrt zu werden verdienen als in dem anderen, das geht über meine bescheidenen Kräfte. Ich weiß nur, daß diese Leute, die wir jetzt zu sehen bekommen werden, im allgemeinen recht schwarzgalliger Natur sind.«

Also plaudernd liefen sie Portsmouth an; eine ungeheure Menschenmenge bedeckte das Ufer und schaute aufmerksam auf einen ziemlich wohlbeleibten Mann, der mit verbundenen Augen auf dem Deck eines Kriegsschiffes kniete; vier Soldaten, die diesem Mann gegenüber aufgestellt waren, schossen ihm seelenruhig jeder drei Kugeln in die Hirnschale, und die ganze Gesellschaft ging äußerst befriedigt auseinander. »Was geht denn hier vor?« fragte Candid, »und welcher Teufel reitet diese Menschen?« Er fragte, wer der dicke Mann gewesen sei, den man soeben mit solcher Feierlichkeit umgebracht habe. – »Ein Admiral[46]«, wurde ihm geantwortet. – »Und warum wurde dieser Admiral getötet?« – »Weil«, sagte man ihm, »er nicht genügend Menschen hat töten lassen; er hat einem französischen Admiral eine Schlacht geliefert, und man hat gemeint, er sei ihm nicht nahe genug auf den Leib gerückt.« – »Aber«, sagte Candid, »der französische Admiral war doch ebenso weit von dem englischen entfernt wie dieser von ihm?« – »Unbestritten«, wurde ihm erwidert. »Aber es ist ganz gut, wenn in diesem Lande von Zeit zu Zeit ein Admiral beseitigt wird; das ermutigt die übrigen.«

Candid war so bestürzt und so entsetzt über das, was er gehört hatte, daß er keinesfalls den Fuß an Land zu setzen gewillt war, sondern mit dem holländischen Kapitän (und sollte dieser ihn gleich bestehlen wie jener in Surinam) der unverzüglichen Überfahrt nach Venedig wegen verhandelte.

Nach zwei Tagen war der Kapitän segelfertig. Frankreich wurde umschifft. Sie segelten an Lissabon vorüber, und Candid zitterte. Sie durchfuhren die Meerenge und gelangten ins Mittelmeer. Schließlich landeten sie in Venedig. »Gott sei gepriesen«, sagte Candid und umarmte Martin, »hier werde ich die schöne Kunigunde wiedersehen. Auf Cacambo kann ich mich verlassen wie auf mich selber. Alles ist gut, alles geht gut, alles geht so gut wie irgend möglich.«

VIERUNDZWANZIGSTES KAPITEL

Paquette und Bruder Giroflée

Sobald er in Venedig war, ließ er Cacambo in allen Gasthäusern, allen Cafés, bei allen Freudenmädchen suchen und fand ihn nirgends. Tagtäglich ließ er auf allen Schiffen und Barken nachfragen. Keine Spur von Cacambo. »Wie?« sagte er zu Martin, »ich bin mittlerweile von Surinam nach Bordeaux, von Bordeaux nach Paris, von Paris nach Dieppe, von Dieppe nach Portsmouth gereist, habe Portugal und Spanien umschifft, das ganze Mittelmeer durchquert, einige Monate in Venedig verlebt, und die schöne Kunigunde ist noch immer nicht gekommen? An ihrer Statt habe ich eine Betrügerin und einen Abbé aus dem Périgord getroffen! Ganz sicher ist Kunigunde tot, und mir bleibt nichts übrig, als ebenfalls zu sterben. Ach, ich hätte besser getan, im Paradies Eldorado zu bleiben, als in dieses verfluchte Europa zurückzukehren. Wie recht haben Sie, mein teurer Martin! Alles ist Selbsttäuschung und Elend.«
Er verfiel in düstere Melancholie und nahm weder an der Opera alla moda noch an den übrigen Karnevalsspäßen Anteil; keine Dame vermochte ihn in die leiseste Versuchung zu führen. Martin sagte zu ihm: »Sie sind wirklich naiv, daß Sie sich einbilden, ein Mestizendiener, der fünf bis sechs Millionen in der Tasche hat, würde Ihre Geliebte vom Ende der Welt holen und dann nach Venedig bringen. Wenn er sie findet, wird er sie für sich behalten. Wenn er sie nicht findet, wird er sich eine andere zulegen. Ich rate Ihnen, vergessen

Sie Ihren Diener Cacambo und Ihre Geliebte Kunigunde.« Martin war kein guter Tröster. Candids Melancholie wurde immer schwärzer, und Martin wurde nicht müde, ihm zu beweisen, Tugend und Glück seien selten auf Erden, abgesehen vielleicht von Eldorado, wohin niemand gelangen könne.
Während sie über dieses gewichtige Thema disputierten und während Candid Kunigundes harrte, erblickte er auf dem Markusplatz einen jungen Theatinermönch, der ein Mädchen am Arm hatte. Der Theatiner sah blühend, gesund und kräftig aus; seine Augen blitzten, sein Blick war sicher, seine Miene zuversichtlich, sein Schritt stolz. Das Mädchen war reizend; es sang, blickte seinen Theatiner verliebt an und kniff ihn von Zeit zu Zeit in die feisten Backen. »Das wenigstens müssen Sie mir zugeben«, sagte Candid zu Martin, »die Leutchen dort sind glücklich. Auf der ganzen bewohnten Erde, Eldorado ausgenommen, habe ich bislang nur Unglückliche gesehen; aber jenes Mädchen und jener Theatiner, ich wette, die beiden sind äußerst glückliche Geschöpfe.« – »Ich wette das Gegenteil«, sagte Martin. »Wir brauchen sie nur zum Essen einzuladen, dann werden Sie sehen, ob ich mich geirrt habe.«
Sogleich geht er auf sie zu, macht ihnen eine Verbeugung und lädt sie in seinem Gasthof zu Makkaroni, lombardischen Rebhühnern, Kaviar, zu Monte Pulciano, Lacrymae Christi, Zyperwein und Samos ein. Das Mädchen wird rot, der Theatiner ist's zufrieden, das Mädchen geht gleichfalls mit und schaut Candid mit überraschten und verwirrten, tränenverdunkelten Blicken an. Kaum waren sie in Candids Zimmer, als sie zu ihm sagte: »Wie, der Herr Candid erkennt Paquette nicht wieder?« Bei diesen Worten rief Candid, der auf sie bis zu diesem Augenblick nicht groß achtgegeben hatte, weil er sich immerfort mit Kunigunde beschäftigte: »Ach! du armes Kind, du also bist es, die dem Doktor Pangloß jene schöne Suppe eingebrockt hat?«
»Leider ja, gnädiger Herr«, sagte Paquette, »wie ich sehe, sind Sie im Bilde. Ich habe von dem schrecklichen Unheil gehört, das über die Familie der Frau Baronin und der schö-

nen Kunigunde gekommen ist. Ich schwöre Ihnen, mein Schicksal war nicht minder trübe. Damals war ich noch ganz unschuldig. Mein Beichtvater, ein Franziskanerpater, verführte mich mühelos. Die Folgen waren fürchterlich; ich mußte aus dem Schlosse fort, kurz nachdem der Herr Baron Sie mit wuchtigen Fußtritten in den Hintern hinausgeworfen hatte. Hätte nicht ein berühmter Arzt mit mir Mitleid gehabt, so wäre ich längst tot. Eine Zeitlang war ich aus Dankbarkeit die Geliebte dieses Arztes. Seine Frau war rasend eifersüchtig und prügelte mich tagtäglich; eine Furie war sie. Jener Arzt war häßlich wie die Nacht, und ich war so unglücklich wie nur möglich, weil ich immerfort um eines Menschen willen geprügelt wurde, den ich nicht liebte. Sie wissen, gnädiger Herr, wie gefährlich es für ein böses Weib ist, wenn es einen Arzt zum Manne hat. Der Mann war außer sich über die Brutalität seiner Frau und gab ihr eines Tages, um sie von einer leichten Erkältung zu heilen, eine so wirksame Medizin, daß sie innerhalb zweier Stunden unter entsetzlichen Krämpfen starb. Die Verwandten der Frau strengten gegen den Mann einen Kriminalprozeß an; er ergriff die Flucht, und mich warfen sie ins Gefängnis. Meine Unschuld hätte mich sicher nicht gerettet, allein ich war recht niedlich. Der Richter befreite mich unter der Bedingung, daß er des Arztes Nachfolger werde. Bald wurde ich von einer Nebenbuhlerin verdrängt, ohne die geringste Belohnung davongejagt, und nun war ich gezwungen, jenem abscheulichen Handwerk nachzugehen, das euch Männern so lustig erscheint und das für uns nichts ist als ein Abgrund voller Elend. Ich trieb es in Venedig. Ach, gnädiger Herr, wenn Sie sich vorstellen könnten, was es heißt, ohne den geringsten Unterschied einem Kaufmann, einem Advokaten, einem Mönch, einem Gondelführer, einem Abbé sich hingeben zu müssen; allen Schmähungen, allen Gemeinheiten preisgegeben zu sein; sich manchmal einen Rock pumpen zu müssen, damit irgendein ekelhafter Kerl ihn hochheben kann; vom einen bestohlen zu werden um das, was man beim andern verdient hat; und dann die Schröpfungen durch die Polizei, und keine Aussicht als ein schreckliches Alter, ein Spital oder einen Misthaufen; dann werden Sie wohl zu der Überzeugung kommen, daß ich eines der unglücklichsten Geschöpfe der Welt bin.«

So erschloß Paquette dem guten Candid in einem Gasthofzimmer ihr Herz, in Martins Gegenwart, und der sagte zu Candid: »Wie Sie sehen, habe ich die Hälfte der Wette bereits gewonnen.«

Bruder Giroflée war im Eßraum geblieben und trank, während er auf das Essen wartete. »Aber«, sagte Candid zu Paquette, »Sie sahen so heiter, so zufrieden aus, als ich Sie traf, Sie sangen, Sie schäkerten so harmlos natürlich mit dem Theatiner; ich hielt Sie für genauso glücklich, wie Sie unglücklich sein wollen.« – »Ach, gnädiger Herr«, antwortete Paquette, »das gehört überdies noch zu den Qualen meines Gewerbes. Gestern bin ich von einem Offizier bestohlen und durchgeprügelt worden; heute muß ich heiter ausschauen, damit ich einem Mönch gefalle.«

Candid hatte genug; er gab zu, Martin habe recht. Sie setzten sich mit Paquette und dem Theatiner zu Tisch; die Mahlzeit verlief recht munter; und schließlich plauderten sie alle ganz vertraulich. »Ehrwürdiger Vater«, sagte Candid zu dem Mönch, »Ihnen scheint das Geschick zu lächeln, so daß jeder Sie beneiden möchte; auf Ihrem Antlitz strahlen die Rosen der Gesundheit, Ihre Züge künden von Wohlbefinden; Sie haben ein ganz reizendes Mädchen zur Aufheiterung, und mit Ihrem Mönchsberuf scheinen Sie höchst einverstanden.«

»Herrgott nochmal, verehrter Herr«, sagte Bruder Giroflée, »ich wollte, alle Theatiner lägen auf dem Meeresgrunde. Hundertmal war ich nahe daran, das Kloster in Brand zu stecken, zu fliehen und Türke zu werden. Als ich fünfzehn Jahre alt war, zwangen meine Eltern mich, dieses abscheuliche Gewand anzulegen, damit ein verfluchter älterer Bruder, Gott möge ihn strafen, mehr Vermögen bekomme. Eifersucht, Zwietracht und Haß herrschen im Kloster. Zwar habe ich ein paar miserable Predigten gehalten und damit etwas Geld verdient, von dem der Prior nur die Hälfte erhielt; der Rest dient mir dazu, Huren auszuhalten; aber wenn ich abends wieder ins Kloster zurückkehre, möchte ich mir den Kopf an den Wänden des Schlafsaals einrennen; und allen meinen Mitbrüdern geht es genauso.«

Mit seiner gewöhnlichen Kaltblütigkeit wandte Martin sich Candid zu: »Nun«, fragte er ihn, »habe ich jetzt etwa nicht die ganze Wette gewonnen?« Candid gab Paquette zweitausend Piaster und tausend dem Bruder Giroflée. »Ich verbürge mich«, sagte er, »daß sie das glücklich machen wird.« – »Das glaube ich ganz und gar nicht«, sagte Martin; »vielleicht machen Sie sie mit Ihren Piastern noch weit unglücklicher.« – »Sei dem, wie ihm wolle«, sagte Candid, »mich tröstet der Gedanke, daß man manchmal Menschen wiedersieht, die man niemals wiederzusehen glaubte; da ich nun meinen roten Widder und Paquette wiedergefunden habe, könnte ich doch auch Kunigunde wiederfinden.« – »Ich will wünschen«, sagte Martin, »daß Sie eines Tages durch sie glücklich werden; aber ich zweifle bedenklich daran.« – »Sie sind sehr hart«, sagte Candid. – »Ich habe viel erlebt«, sagte Martin.

»Aber schauen Sie doch die Gondelführer dort an«, sagte Candid, »singen sie nicht ohne Unterlaß?« – »Sie sehen sie nicht in ihrer Häuslichkeit, bei ihren Weibern und Murmeltieren von Kindern«, sagte Martin. »Der Doge hat seine Sorgen, die Gondelführer haben die ihrigen. Im großen und ganzen ist das Los eines Gondelführers dem eines Dogen vorzuziehen; aber meiner Meinung nach ist der Unterschied so gering, daß es nicht lohnt, darauf des näheren einzugehen.«

»Es wird so viel vom Senator Pococurante[47] gesprochen«, sagte Candid, »der in jenem schönen Palazzo an der Brenta wohnt; er soll Fremde recht zuvorkommend aufnehmen. Von ihm heißt es, er habe nie Kummer gehabt.« – »Solch seltenes Exemplar sähe ich gern einmal«, sagte Martin. Sogleich ließ Candid den Herrn Pococurante um Erlaubnis bitten, ihn am folgenden Tage zu besuchen.

FÜNFUNDZWANZIGSTES KAPITEL

Besuch bei Herrn Pococurante, einem venezianischen Nobile

Candid und Martin fuhren auf der Brenta in einer Gondel zum Palazzo des Nobile Pococurante. Die Gärten waren wohlgepflegt und mit schönen Marmorstatuen verziert, der Palazzo von schöner Bauart. Der Hausherr, ein Mann von sechzig Jahren, schwerreich, empfing die beiden Neugierigen äußerst höflich, jedoch reichlich steif, was Candid aus der Fassung brachte und Martin durchaus nicht mißfiel.
Zunächst reichten zwei hübsche, sauber gekleidete Mädchen prächtig schaumige Schokolade. Candid konnte nicht umhin, ihre Schönheit, ihre Anmut und Behendigkeit zu preisen. »Es sind ganz gute Geschöpfe«, sagte der Senator Pococurante; »manchmal lasse ich sie bei mir schlafen; denn der städtischen Damen mit ihrer Gefallsucht, ihren Eifersüchteleien, ihrer Zänkerei, ihren Launen, ihrer Kleinlichkeit, ihrem Hochmut, ihrer Dummheit, den Sonetten, die man immerfort für sie machen oder machen lassen muß, bin ich gründlich überdrüssig; indessen fangen auch diese beiden Mädchen allmählich an, mich zu langweilen.«
Als Candid nach dem Mittagsmahl in einer langen Galerie lustwandelte, überraschte ihn die Schönheit der Gemälde. Er fragte, von welchem Meister die beiden ersten seien? »Von Raffael«, sagte der Senator; »vor Jahren habe ich sie aus Eitelkeit für teures Geld gekauft; es heißt, es gebe nichts Schöneres in Italien; aber ich mag sie ganz und gar nicht; die Farbe hat nachgedunkelt, die Gesichter sind zu hager und treten zu wenig hervor; die Gewänder sehen keinerlei wirklichem Stoff ähnlich. Mit einem Wort, wie man es auch drehen und wenden möge, ich vermag nicht im geringsten eine getreue Nachbildung der Natur darin zu finden. Ich mag nur Bilder, bei denen ich die Natur selber vor mir zu sehen glaube; so etwas gibt es nicht. Ich besitze viele Gemälde, aber ich sehe sie schon lange nicht mehr an.«

Bis zur Abendessenszeit ließ Pococurante ein Konzert geben. Candid fand die Musik köstlich. »Dieser Lärm«, sagte Pococurante, »ist eine halbe Stunde lang ganz unterhaltend; aber wenn er länger dauert, langweilt er jeden, obwohl keiner es zuzugeben wagt. Heutzutage ist die Musik nichts als die Kunst, schwierige Dinge auszuführen; und was nichts als schwierig ist, kann auf die Dauer nicht gefallen.
Lieber ginge ich vielleicht noch in die Oper, wenn man nicht das Geheimnis entdeckt hätte, daraus ein Unding zu machen, das mich empört. Sehe, wer da will, schlechte Tragödien mit Musikbegleitung, oder Szenen, die einzig zusammengestoppelt sind, damit zwei oder drei alberne Lieder die Stärke der Kehle einer Sängerin zeigen. Möge vor Entzücken außer sich geraten, wer da will oder kann, wenn ein Kastrat die Rolle des Cäsar oder Cato trillert und linkisch auf den Brettern einherstolziert. Was mich anbelangt, so habe ich seit langem auf diese Armseligkeiten verzichtet, mit denen Italien heute seinen Ruhm bestreitet und die von den Fürsten so teuer bezahlt werden.« Candid widersprach ein wenig, jedoch zaghaft. Martin war ganz des Senators Meinung.
Sie gingen zu Tische, und nach einem vortrefflichen Mahl begaben sie sich in die Bibliothek. Candid erblickte einen prachtvoll gebundenen Homer und lobte den Illustrissime seines guten Geschmacks wegen. »Dieses Buch«, sagte er, »war die Lieblingslektüre des großen Pangloß, des bedeutendsten Philosophen Deutschlands.« – »Die meine ist es nicht«, sagte Pococurante kalt; »früher wurde mir freilich eingeredet, diese Lektüre mache mir Freude. Aber diese unaufhörliche Wiederholung von Kämpfen, die einander so ähnlich sind, diese Götter, die sich überall einmischen und doch nichts Entscheidendes tun; diese Helena, um die der ganze Krieg geführt wird und die kaum mehr als eine Statistin in dem Stück ist; dieses Troja, das belagert und niemals eingenommen wird; das alles langweilt mich sterblich. Ich habe zuweilen Wissenschaftler gefragt, ob sie sich bei dieser Lektüre genauso langweilen wie ich. Sofern sie aufrichtig waren, haben sie mir gestanden, das Buch falle ihnen aus der

Hand; aber man müsse es nun mal in seiner Bibliothek haben als Denkmal des Altertums, wie jene verrosteten Münzen, die nicht mehr im Umlauf sind.«

»Über Vergil denken Eure Exzellenz doch wohl anders?« fragte Candid. »Ich gebe zu«, sagte Pococurante, »daß das zweite, vierte und sechste Buch seiner ›Aeneis‹ vortrefflich sind; jedoch seinen frommen Aeneas und den tapferen Clyanthus und den Freund Achates und den kleinen Askanius und den schwachköpfigen König Latinus und das Bürgerweib Amata und die stupide Lavinia halte ich für das Frostigste und Peinlichste, was man sich denken kann. Da lobe ich mir den Tasso oder die Zaubermärchen Ariosts.«

»Dürfte ich Sie fragen, Exzellenz«, fragte Candid, »ob Sie nicht großes Gefallen an Horaz finden?« »Aus seinen Lebensregeln«, sagte Pococurante, »kann ein Weltmann Nutzen ziehen, und da er sie in kraftvolle Verse gegossen hat, prägen sie sich dem Gedächtnis leicht ein. Aber seine Reise nach Brundisium und seine Schilderungen eines schlechten Abendessens sowie die im Dienstmann-Jargon gehaltenen des Streites zwischen Gott weiß welchem Pulpitus, dessen Worte, wie er selber sagt, ›nach Eiter schmecken‹, und irgendeinem anderen, dessen Worte ›wie Essig sind‹, lassen mich ganz gleichgültig. Seine plumpen Verse gegen alte Weiber und Hexen habe ich nur mit Widerwillen gelesen, und ich weiß nicht, was Großes daran sein soll, wenn er seinem Freund Maecenas versichert, daß, wenn dieser ihn den lyrischen Dichtern beizähle, er mit erhabener Stirn an die Sterne rühren werde. Bei einem berühmten Autor bewundern Narren alles. Ich lese nur für mich, und ich mag nur, was mir dienlich ist.« Candid, der dazu erzogen worden war, über nichts selbständig zu urteilen, wunderte sich sehr über diese Worte, und Martin fand Pococurantes Denkart recht vernünftig.

»Oh, dort steht ein Cicero«, sagte Candid; »diesen großen Mann, meine ich, haben Sie doch wohl gelesen?« – »Niemals lese ich den«, erwiderte der Venezianer. »Was geht es mich an, daß er für Rabirius oder Cluentius plädiert hat? Ich habe zur Genüge Prozesse, bei denen ich Richter bin; seine philosophischen Schriften lägen mir schon eher; doch als ich erkannte, daß er an allem zweifelt, zog ich den Schluß, ich wisse genausoviel wie er, und um nichts zu wissen, brauche ich niemanden.«

»Ach, achtzig Bände der Jahresberichte einer Akademie der Wissenschaften!« rief Martin; »darunter wird sicherlich Gutes sein.« – »Das wäre möglich«, sagte Pococurante, »wenn auch nur ein einziger der Urheber dieses Geschwätzes nichts als die Kunst der Herstellung der Stecknadeln erfunden hätte; so aber finden sich in den Büchern einzig leere Systeme und nichts für die Praxis.«

»Welch eine Fülle von Theaterstücken besitzen Sie!« sagte Candid, »italienische, spanische, französische.« – »Ja«, sagte der Senator, »dreitausend habe ich, und nicht einmal drei Dutzend gute. Und all jene Erbauungsschriften, deren Gesamtheit keine Seite des Seneca aufwiegt, und all jene dickleibigen theologischen Wälzer – glauben Sie nur nicht, daß ich sie jemals aufschlage, ich oder irgend jemand anders.«

Martin gewahrte Fächer voll englischer Bücher. »Meiner Meinung nach«, sagte er, »müßte ein Republikaner an den meisten dieser so freisinnig geschriebenen Werke seine Freude haben.« – »Ja«, antwortete Pococurante, »es ist schön, wenn man schreibt, was man denkt; das ist ein Vorrecht des Menschen. In unserem ganzen Italien schreiben die Leute das Gegenteil dessen, was sie denken; die Bewohner des Landes der Cäsaren und des Antonius wagen ohne Genehmigung eines Jakobiners[48] keine Gedanken zu haben. Die Freiheit, die die englischen Geistesgrößen anfeuert, gefiele mir schon, wenn nicht Leidenschaft und Parteigeist alles korrumpierten, was diese kostbare Freiheit achtenswert macht.«

Candid wurde eines Milton gewahr und fragte, ob er nicht diesen Dichter für einen großen Mann halte? »Den?« sagte Pococurante, »diesen Barbaren, der einen zehn Bücher langen Kommentar trockener Verse über das erste Kapitel der Genesis macht, diesen ungeschlachten Nachahmer der Griechen, der die Schöpfung entstellt und der, während Moses

den Ewigen die Welt durch das Wort erschaffen läßt, erzählt, der Messias habe aus einem Himmelsschrank einen großen Zirkel hervorgeholt, um sein Werk abzumessen? Ich sollte dem Achtung entgegenbringen, der Tassos Hölle und Teufel travestiert, der Luzifer bald in eine Kröte, bald in einen Pygmäen verkleidet; der ihn hundertmal die nämlichen Redensarten herunterleiern, der ihn über theologische Fragen disputieren läßt; der täppisch ernst Ariosts heitere Erfindung der Feuerwaffen nachäfft und schildert, wie die Teufel mit Kanonen in den Himmel schießen? Weder ich noch sonst jemand in Italien hat an diesen jämmerlichen Extravaganzen Geschmack finden können, und die Hochzeit der Sünde mit dem Tode und die Nattern, mit denen die Sünde niederkommt, bringen einen Menschen von halbwegs delikatem Geschmack zum Erbrechen; und seine lange Schilderung eines Krankenhauses taugt nur für einen Totengräber. Dieses obskure, bizarre und ekelhafte Dichtwerk wurde schon, als es erschien, gering eingeschätzt; ich denke heute darüber, wie seine Zeitgenossen in seinem Vaterlande darüber dachten. Übrigens gebe ich einzig meiner Meinung Ausdruck, und es ist mir höchst gleichgültig, ob andere denken wie ich.« Candid war betrübt ob dieser Reden; er achtete Homer hoch und hatte Milton recht gern. »Ach«, sagte er leise zu Martin, »ich fürchte, dieser Mann hegt für unsere deutschen Dichter nur die tiefste Verachtung.« – »Das wäre nicht gerade schlimm«, sagte Martin. »Oh, welch ein überlegener Mann!« stieß Candid zwischen den Zähnen hervor; »welch ein Genie ist dieser Pococurante! An nichts findet er Gefallen.«
Nachdem sie auf diese Weise die ganze Bibliothek hatten Revue passieren lassen, begaben sie sich hinunter in den Garten. Candid pries seine Schönheit. »Ich habe nie etwas so Geschmackloses gesehen«, sagte der Hausherr; »hier bei uns gibt es nichts als Schnurrpfeifereien, aber morgen werde ich einen anderen nach einem edleren Plane anlegen lassen.«
Als die beiden Neugierigen sich von seiner Exzellenz verabschiedet hatten, sagte Candid zu Martin: »Jetzt werden Sie mir doch wohl zugeben, daß dieser Mann der glücklichste

aller Menschen ist? Er ist über alle seine Besitztümer erhaben.« – »Sehen Sie denn nicht«, sagte Martin, »daß all sein Besitz ihn anekelt? Vor langer Zeit hat Platon gesagt, nicht das sei der beste Magen, der alle Nahrung zurückweise.« – »Indessen«, sagte Candid, »macht es ihm nicht Spaß, an allem Kritik zu üben? Fehler herauszuspüren, wo andere Menschen Schönheit zu sehen glauben?« – »Das hieße also«, entgegnete Martin, »es sei eine Lust, keiner Lust mehr fähig zu sein?« – »Wie schön«, sagte Candid, »also bin ich der Glücklichste, wenn ich Fräulein Kunigunde wiedersehe.« – »Hoffen ist stets wohlgetan«, sagte Martin.

Indessen rannen die Tage, die Wochen hin; Cacambo kam noch immer nicht, und Candid war so in seinen Schmerz verbohrt, daß es ihm nicht weiter auffiel, daß weder Paquette noch Bruder Giroflée gekommen waren, um ihm zu danken.

SECHSUNDZWANZIGSTES KAPITEL

Von einem Souper, das Candid und Martin mit sechs Fremden einnahmen, und wer diese waren

Eines Abends, als Candid sich mit Martin zu den übrigen Fremden, die im gleichen Gasthof wohnten, zu Tische setzen wollte, trat ein Mensch mit rußfarbenem Gesicht hinter ihn, faßte ihn beim Arm und sagte ihm: »Halten Sie sich bereit, mit uns abzufahren, kommen Sie nicht zu spät.« Er wendet sich um und erblickt Cacambo. Nur Kunigundes Anblick hätte ihn mehr verwundern und erfreuen können. Fast wurde er toll vor Entzücken. Er umarmte seinen geliebten Freund: »Sicherlich ist Kunigunde hier? Wo ist sie? Führe mich zu ihr, daß ich mit ihr vor Wonne sterbe.« – »Kunigunde ist ganz und gar nicht hier«, sagte Cacambo, »in Konstantinopel ist sie.« – »O Himmel, in Konstantinopel! Aber wäre sie sogar in China, ich flöge zu ihr, wir wollen reisen.« – »Wir werden nach dem Essen aufbrechen«, entgegnete Cacambo; »mehr kann ich Ihnen nicht sagen; ich bin Sklave, mein Herr wartet meiner, ich muß ihn bei Tische bedienen; halten Sie reinen Mund; essen Sie und halten Sie sich bereit.«

Candid taumelte zwischen Freude und Schmerz; er war beglückt, seinen getreuen Sendboten wiedergefunden zu haben, verdutzt ob dessen Sklaventums, ganz benommen von dem Gedanken, nun seine Geliebte wiederzusehen, sein Herz schlug wild, seine Gedanken gingen die Kreuz und die Quer; er setzte sich zu Tische mit Martin, der allen diesen Begebenheiten kaltblütig zuschaute, und mit den sechs Fremden, die den Karneval in Venedig hatten verbringen wollen.

Gegen Ende des Mahls beugte sich Cacambo, der einem jener sechs Fremden zu trinken eingoß, zum Ohre seines Herrn nieder und sagte zu ihm: »Eure Majestät können jederzeit abreisen, das Schiff ist bereit.« Mit diesen Worten ging er hinaus. Die erstaunten Gäste schauten einander wortlos an, als ein zweiter Diener zu seinem Herrn trat und ihm sagte: »Der Wagen Eurer Majestät ist in Padua, und die Barke liegt bereit.« Der Herr gab ein Zeichen, und der Diener ging. Abermals blickten alle Gäste einander an, und die allgemeine Überraschung verdoppelte sich. Ein dritter Diener näherte sich dem dritten Fremden und sagte ihm: »Majestät müssen mir glauben, Majestät dürfen nicht länger hier bleiben, ich werde alles vorbereiten«; und alsbald verschwand er.

Candid und Martin zweifelten jetzt nicht mehr, daß es sich um einen Karnevalsscherz handele. Ein vierter Diener sagte zum vierten Herrn: »Majestät können jederzeit abreisen«, und ging hinaus wie die übrigen. Das gleiche sagte der fünfte Diener zum fünften Herrn. Ganz anders jedoch sprach der sechste Diener zum sechsten Herrn, der neben Candid saß; er sagte ihm: »Lieber Gott, Majestät, Eure Majestät erhalten nicht länger Kredit, und ich auch nicht; möglicherweise werden wir beide diese Nacht eingesponnen; ich will meine Haut in Sicherheit bringen; auf Wiedersehen!«

Als alle Diener hinaus waren, verharrten die sechs Fremden, Candid und Martin in tiefem Schweigen. Candid war der erste, der es brach. »Meine Herren«, sagte er, »welch seltsamer Scherz. Warum sind Sie alle Könige? Ich meinerseits kann versichern, daß ich keiner bin, und Martin ist auch keiner.«
Cacambos Herr ergriff gravitätisch das Wort und sagte auf italienisch: »Ich scherze ganz und gar nicht, ich bin Achmed III.[49]. Ich bin mehrere Jahre Großsultan gewesen; ich habe meinen Bruder entthront, mein Neffe hat mich entthront, meinen Vezieren wurde der Kopf abgehackt; ich verbringe den Rest meiner Tage im alten Serail. Mein Neffe, der Großsultan Mahmud, erlaubt mir zuweilen, aus Gesundheitsrücksichten auf Reisen zu gehen, und so bin ich denn zum Karneval nach Venedig gekommen.«
Ein Jüngling, der neben Achmed saß, sprach nach ihm: »Ich heiße Iwan[50]; ich bin Kaiser aller Reußen gewesen; schon in der Wiege wurde ich entthront. Mein Vater und meine Mutter wurden eingekerkert; ich wurde ins Gefängnis geworfen: manchmal darf ich mit meinen Wächtern auf Reisen gehen, und so bin ich denn zum Karneval nach Venedig gekommen.«
Der dritte sagte: »Ich bin König Karl-Eduard[51] von England; mein Vater hat mir seine Rechte auf das Königreich abgetreten. Ich habe um sie gekämpft; achthundert meiner Parteigänger ist das Herz aus dem Leibe gerissen und um die Ohren geschlagen worden. Ich wurde ins Gefängnis gesteckt; ich will nach Rom, um den König, meinen Vater zu besuchen, der wie ich und mein Großvater entthront ist, und so bin ich denn zum Karneval nach Venedig gekommen.«
Nun ergriff der vierte das Wort und sprach: »Ich bin König von Polen[52]; das Kriegsglück hat mich meiner Erblande beraubt, mein Vater hat das gleiche Schicksal erduldet; ich stelle mich der Vorsehung anheim wie Sultan Achmed, Kaiser Iwan und König Karl-Eduard, denen Gott ein langes Leben schenke; und so bin ich denn zum Karneval nach Venedig gekommen.«

Der fünfte sprach: »Auch ich war König von Polen[53]; ich habe mein Königreich sogar zweimal verloren; aber die Vorsehung hat mir einen anderen Staat verliehen, für den ich mehr Gutes getan habe als alle Sarmatenkönige an den Ufern der Weichsel zusammen; auch ich stelle mich der Vorsehung anheim; und so bin ich denn zum Karneval nach Venedig gekommen.«

Nun blieb noch dem sechsten Monarchen zu reden übrig. »Meine Herren«, sagte er, »solch großer Herrscher wie Sie bin ich nicht; aber schließlich war ich König so gut wie irgendeiner. Ich bin Theodor[54]; bin zum König von Korsika erwählt, bin ›Majestät‹ genannt worden; und gegenwärtig sagt man kaum ›gnädiger Herr‹ zu mir. Ich habe Münzen schlagen lassen, und jetzt besitze ich keinen roten Heller; ich habe zwei Staatssekretäre gehabt, und nun habe ich kaum noch einen Diener. Ich habe auf einem Thron gesessen und saß lange zu London im Gefängnis, auf Stroh. Ich habe große Angst, daß es mir hier ebenso gehe, obwohl ich wie Eure Majestäten zum Karneval nach Venedig gekommen bin.«

Die fünf anderen Könige hörten diese Erzählung mit edlem Mitleid an. Jeder gab König Theodor zwanzig Zechinen[55], damit er sich Kleider und Hemden kaufen könne; und Candid machte ihm einen Diamanten im Werte von zweitausend Zechinen zum Geschenk. »Wer ist nur«, fragten die fünf Könige, »dieser schlichte Privatmann, der in der Lage ist, hundertmal soviel wie wir zu verschenken, und der es auch tut?«

In dem Augenblick, da alle vom Tische sich erhoben, stiegen im gleichen Gasthof vier Königliche Hoheiten ab, die gleichfalls ihrer Staaten durch das Kriegsglück verlustig gegangen waren und den Rest des Karnevals in Venedig verbringen wollten. Doch Candid hatte der Ankömmlinge nicht acht. Er war zu sehr damit beschäftigt, daß er seine geliebte Kunigunde in Konstantinopel wiederfinden solle.

Candids Reise nach Konstantinopel

Der treue Cacambo hatte schon bei dem türkischen Schiffsherrn, der den Sultan Achmed nach Konstantinopel zurückbringen sollte, durchgesetzt, daß er Candid und Martin zu sich an Bord nehmen dürfe. Beide begaben sich dorthin, nachdem sie sich vor Seiner jammervollen Majestät ehrfurchtsvoll verneigt hatten. Unterwegs sagte Candid zu Martin: »Da haben wir nun mit sechs entthronten Königen zu Abend gegessen, und einem dieser sechs Könige habe ich obendrein noch ein Almosen gegeben. Vielleicht gibt es noch eine Anzahl weit unglücklicherer Fürsten. Ich für mein Teil habe wenigstens nur hundert Widder verloren, und jetzt fliege ich in Kunigundes Arme. Mein teurer Martin, ich wiederhole: Pangloß hatte recht, alles ist gut.« – »Ich will es wünschen«, sagte Martin. – »Schließlich«, sagte Candid, »hatten wir doch in Venedig ein recht unwahrscheinliches Abenteuer. Niemals hat man erlebt oder erzählen hören, daß sechs entthronte Könige zugleich in ein und derselben Herberge wohnten.« – »Es ist nicht ungewöhnlicher«, sagte Martin, »als die meisten unserer Erlebnisse. Daß Könige entthront werden, ist durchaus üblich; und was die Ehre betrifft, mit ihnen gemeinsam gespeist zu haben, so lohnt es sich nicht, sich um eine solche Nichtigkeit zu kümmern.«

Kaum war Candid auf dem Schiff, als er auch schon seinem ehemaligen Diener, seinem Freund Cacambo, um den Hals fiel. »Wie geht es Kunigunde?« sagte er. »Ist sie noch immer solch ein Ausbund an Schönheit? Liebt sie mich noch immer? Fühlt sie sich wohl? Sicherlich hast du ihr doch in Konstantinopel einen Palast gekauft?«

»Mein teurer Herr«, erwiderte Cacambo, »Kunigunde wäscht am Strande des Bosporus Geschirr ab, bei einem Fürsten, der kaum satt zu essen hat; sie ist Sklavin im Hause eines abgedankten Souveräns namens Rakoczy[56], dem der Großtürke täglich drei Taler Pension zahlt; aber weit trauriger ist, daß sie ihre Schönheit eingebüßt hat und entsetzlich häßlich geworden ist.« – »Ach! schön oder häßlich«, sagte Candid, »ich bin ein Ehrenmann, und es ist meine Pflicht, sie ewig zu lieben. Aber wie konnte sie in solch klägliche Lage kommen, wo du doch fünf oder sechs Millionen bei dir hattest?« – »So?« sagte Cacambo, »mußte ich nicht vielleicht zwei Millionen an Señor Fernando d'Ibara y Figuera y Mascarenes y Lampurdos y Suza geben, den Statthalter von Buenos Aires, damit er gestattete, daß ich Fräulein Kunigunde wieder mitnahm? Und hat uns vielleicht kein Seeräuber den ganzen Rest mit Bravour abgeknöpft? Hat uns vielleicht dieser Seeräuber nicht über Kap Matapan, Melos, Nicaria, Samos, Petra, die Dardanellen, das Marmarameer nach Skutari gebracht? Kunigunde und die Alte stehen im Dienste jenes Fürsten, von dem ich Ihnen erzählt habe, und ich bin Sklave des abgesetzten Sultans.« – »Welch furchtbare Zwischenfälle haben sich da miteinander verkettet!« sagte Candid. »Aber trotz allem, ich habe noch einige Diamanten, ich werde Kunigunde mit Leichtigkeit befreien. Es ist recht schade, daß sie so häßlich geworden ist.«

Dann wandte er sich an Martin. »Wer«, fragte er, »ist am meisten zu bedauern, Kaiser Achmed, Kaiser Iwan, König Karl-Eduard oder ich?« – »Das weiß ich nicht«, sagte Martin; »ich müßte in Eurer Haut stecken, um es zu wissen.« – »Ach«, sagte Candid, »wäre doch Pangloß hier! Der wüßte es und würde es uns lehren.« – »Ich weiß nicht«, sagte Martin, »mit welchen Waagschalen Ihr Pangloß alles Unglück der Menschen zu wägen, all ihre Leiden abzuschätzen vermocht hätte. Ich vermute nichts, als daß es auf Erden Millionen Menschen gibt, die hundertmal mehr zu bemitleiden sind als König Karl-Eduard, Kaiser Iwan und Sultan Achmed.« – »Das könnte sehr wohl sein«, sagte Candid.

Nach wenigen Tagen kamen sie in die Meerenge vor dem Schwarzen Meer. Zunächst kaufte Candid Cacambo für teures Geld los; und ohne Zeit zu verlieren warf er sich mit seinen Genossen in eine Galeere, um an das Ufer des Bospo-

rus zu fahren und Kunigunde zu suchen, so häßlich sie immer geworden sein mochte.
Unter den Ruderknechten waren zwei Sträflinge, die die Riemen sehr schlecht handhabten und deren nackte Schultern der Galeeren-Kapitän von Zeit zu Zeit mit einigen Ochsenziemerstreichen bedachte; aus einer natürlichen Gefühlsregung heraus betrachtete Candid sie aufmerksamer als die übrigen Ruderknechte und trat voller Mitleid an sie heran. Einige Züge ihrer entstellten Gesichter schienen ihm ein wenig Ähnlichkeit zu besitzen mit denen Pangloß' und jenes unglücklichen Jesuiten, jenes Barons, jenes Bruders Fräulein Kunigundes. Dieser Gedanke bewegte ihn und stimmte ihn traurig. Er betrachtete sie noch aufmerksamer. »Wahrhaftig«, sagte er zu Cacambo, »wenn ich nicht gesehen hätte, wie Magister Pangloß gehängt wurde, und wenn ich nicht das Unglück gehabt hätte, den Baron umzubringen, dann würde ich glauben, sie seien es, die hier auf der Galeere rudern.«
Als sie die Worte »Baron« und »Pangloß« vernahmen, stießen die beiden Sträflinge einen lauten Schrei aus, sprangen von ihrer Bank auf und ließen ihre Riemen fallen. Der Galeeren-Kapitän stürzte sich auf sie, und die Ochsenziemerhiebe verdoppelten sich. »Halt, halt, bester Herr«, rief Candid, »ich gebe Ihnen soviel Geld, wie Sie nur wollen.« – »Das kann nur Candid sein!« sagte der eine Sträfling. – »Das kann nur Candid sein«, sagte der andere. – »Ist es ein Traum?« sagte Candid, »wache ich? Bin ich auf dieser Galeere? Ist das der Herr Baron, den ich umgebracht habe? Ist das Magister Pangloß, den ich habe hängen sehen?« – »Wir sind es wahrhaftig; wir sind es wahrhaftig«, antworteten sie. – »Das also ist der große Philosoph?« fragte Martin. – »Bitte, Herr Galeeren-Kapitän«, sagte Candid, »wieviel Lösegeld wollen Sie für Herrn Thunder-ten-tronckh, einen der ersten Reichsbarone, und Herrn Pangloß, den tiefsinnigsten deutschen Metaphysiker?« – »Christenhund«, erwiderte der Galeeren-Kapitän, »wenn diese beiden Christenhunde von Sträflingen Barone und Metaphysiker sind, was zwei-

fellos in ihrer Heimat eine große Würde bedeutet, dann mußt du mir für sie fünfundzwanzigtausend Zechinen geben.« – »Die sollen Sie haben, verehrter Herr; fahren Sie mich mit Blitzesschnelle nach Konstantinopel, und ich bezahle Sie auf der Stelle. Doch nein, fahren Sie mich zu Fräulein Kunigunde.« Auf Candids Befehl hatte der Galeeren-Kapitän bereits den Bug der Stadt zugewendet und ließ schneller rudern, als ein Vogel die Luft durchschneidet.

Candid umarmte hundertmal den Baron und Pangloß. »Und wie kommt es, daß ich Sie nicht umgebracht habe, lieber Baron? Und Sie, lieber Pangloß, wie können Sie am Leben sein, wo Sie doch gehängt worden sind? Und warum sind Sie alle beide Galeerensträflinge in der Türkei?« – »Ist es wirklich wahr, daß meine teure Schwester sich in diesem Land befindet?« fragte der Baron. – »Ja«, antwortete Cacambo. – »Also ich sehe meinen geliebten Candid wieder«, rief Pangloß. Candid stellte ihm Martin und Cacambo vor. Alle umarmten einander; alle redeten zugleich. Die Galeere flog dahin, schon waren sie im Hafen. Ein Jude wurde geholt, dem Candid für fünfzigtausend Zechinen einen Diamanten im Wert von hunderttausend verkaufte und der bei Abraham schwur, mehr könne er dafür nicht geben. Sogleich bezahlte er das Lösegeld für den Baron und Pangloß. Dieser warf sich seinem Befreier zu Füßen und bedeckte sie mit Tränen; der andere dankte ihm mit einem Kopfnicken und versprach, ihm jenes Geld bei der nächsten Gelegenheit zurückzuerstatten. »Aber ist es denn menschenmöglich, daß meine Schwester in der Türkei ist?« fragte er. – »Ganz gewiß«, erwiderte Cacambo, »sie scheuert das Tafelgeschirr bei einem Fürsten von Siebenbürgen.« Alsbald wurden zwei weitere Juden geholt; Candid verkaufte weitere Diamanten; und in einer anderen Galeere brachen sie auf, um Kunigunde zu befreien.

ACHTUNDZWANZIGSTES KAPITEL

Was Candid, Kunigunde, Pangloß, Martin und die anderen erlebten

»Ich bitte Sie nochmals um Verzeihung, ehrwürdiger Vater«, sagte Candid zum Baron, »daß ich Ihnen einen so gewaltigen Degenstich durch den Leib gegeben habe.« – »Sprechen wir nicht davon«, sagte der Baron; »ich gebe zu, daß ich ein wenig hitzig war; allein, da Sie zu wissen begehren, durch welchen Zufall Sie mich als Galeerensträfling gesehen haben, muß ich Ihnen sagen, daß ich, nachdem der Bruder Apotheker des Kollegiums mich von meiner Blessur geheilt hatte, von einem Trupp Spanier aufgegriffen und gefangengenommen wurde; ich wurde ins Gefängnis zu Buenos Aires gesteckt, um die Zeit, da meine Schwester dort abreiste. Ich erbat die Erlaubnis, nach Rom zum Pater General zurückzukehren. Ich wurde als Almosenier des französischen Gesandten nach Konstantinopel geschickt. Erst acht Tage war ich im Amt, als ich eines Abends einem wunderschönen Itschoglan[57] begegnete. Es war sehr warm; der junge Mann wollte baden; ich nahm die Gelegenheit wahr, auch zu baden. Ich wußte nicht, daß es für einen Christen ein Kapitalverbrechen ist, wenn er splitternackt bei einem jungen Muselmanen gefunden wird. Ein Kadi ließ mir hundert Stockschläge auf die Fußsohlen verabreichen und verurteilte mich zur Galeere. Ich glaube nicht, daß jemals eine größere Ungerechtigkeit begangen worden ist. Aber ich möchte gern wissen, weshalb meine Schwester Küchenmagd eines zu den Türken geflohenen Herrschers von Siebenbürgen ist.«
»Und Sie, mein teurer Pangloß, wie kommt es, daß ich Sie wiedersehe?« – »Es stimmt«, sagte Pangloß, »Sie haben gesehen, wie ich aufgehängt wurde; natürlicherweise hätte ich verbrannt werden müssen; allein, Sie erinnern sich wohl, daß es in Strömen zu regnen anfing, als ich gebraten werden sollte: das Unwetter war so fürchterlich, daß das Feuer unter keinen Umständen brennen wollte; es ging nicht an-

ders, ich wurde gehängt; ein Chirurg kaufte meine Leiche, beförderte sie in sein Haus und sezierte sie. Zuerst machte er mir einen Kreuzschnitt vom Nabel bis zum Schlüsselbein. Schlechter als ich konnte man nicht gut gehängt werden. Der Vollstrecker der hohen Beschlüsse der heiligen Inquisition, ein Subdiakonus, verbrannte die Leute wirklich wundervoll, aber das Hängen war er nicht gewöhnt: der Strick war naß und rutschte schlecht, er verknotete sich; kurz und gut, ich atmete noch: bei dem Kreuzschnitt stieß ich einen so lauten Schrei aus, daß mein Chirurg rücklings umfiel, und da er glaubte, er seziere den Teufel, rannte er, zu Tode erschrokken, davon und fiel auf der Flucht noch die Treppe hinab. Bei dem Lärm lief seine Frau aus dem Nachbarzimmer herbei; sie sah mich mit meinem Kreuzschnitt längelang auf dem Tische liegen; sie bekam es noch mehr mit der Angst als ihr Mann, rannte ebenfalls fort und stolperte über ihn. Als sie sich wieder ein bißchen erholt hatten, hörte ich die Chirurgin zum Chirurgen sagen: ›Mein Guter, wie konntest du auch nur auf den Einfall kommen, einen Ketzer zu sezieren? Weißt du denn nicht, daß diese Leute immer den Teufel im Leib haben? Ich will schnell einen Priester holen, damit er ihn wegbannt.‹ Bei diesen Worten erzitterte ich, raffte den schwachen Rest meiner Kräfte zusammen und rief: ›Habt Mitleid!‹ Endlich faßte der portugiesische Barbier sich ein Herz; er nähte meine Haut wieder zusammen; seine Frau pflegte mich sogar, und nach vierzehn Tagen war ich wieder auf den Beinen. Der Barbier machte eine Stellung für mich ausfindig, und ich wurde Lakai eines Malteserritters, der nach Venedig reiste; aber da mein Herr mir keinen Lohn zahlen konnte, trat ich in den Dienst eines venezianischen Kaufmanns und folgte diesem nach Konstantinopel.

Eines Tages bekam ich Lust, in eine Moschee zu gehen; niemand war darin als ein alter Imam und eine junge, wunderhübsche Andächtige, die ihre Paternoster murmelte: sie trug zwischen ihren Brüsten einen Strauß von Tulpen, Rosen, Anemonen, Ranunkeln, Hyazinthen und Aurikeln; sie ließ ihren Strauß fallen; ich hob ihn auf und steckte ihn ihr mit höchst achtungsvollem Eifer wieder an. Ich steckte ihn ihr so lange an, daß der Imam wütend wurde, und als er sah, daß ich Christ war, rief er um Hilfe. Ich wurde zum Kadi gebracht, der mir hundert Rutenstreiche auf die Fußsohlen geben ließ und mich auf die Galeere schickte. Ich wurde auf just derselben Galeere und just derselben Bank angekettet wie der Herr Baron. Auf jener Galeere waren fünf Marseiller, fünf Priester aus Neapel und zwei Mönche aus Korfu, die uns sagten, dergleichen Dinge kämen tagtäglich vor. Der Herr Baron behauptete, er habe größere Unbill erlitten als ich; ich meinerseits behauptete, es sei weit eher erlaubt, einen Strauß zwischen die Brüste einer Frau zu stekken, als splitternackt bei einem Sultanspagen zu sein. Wir disputierten unaufhörlich und bekamen täglich zwanzig Hiebe mit dem Ochsenziemer, bis die Verkettung der Ereignisse dieser Welt Sie auf unsere Galeere leitete und Sie uns dann loskauften.«

»Nun, mein teurer Pangloß«, fragte ihn Candid, »als Sie gehängt, seziert, geprügelt wurden und dann auf der Galeere rudern mußten, haben Sie da immer noch geglaubt, alles in der Welt sei aufs beste eingerichtet?« – »Ich habe stets an meiner ersten Meinung festgehalten«, antwortete Pangloß, »denn schließlich bin ich Philosoph, und als solcher darf ich nichts widerrufen; außerdem kann Leibniz nicht unrecht haben, und die prästabilierte Harmonie ist doch das Schönste, was es gibt, so gut wie der Weltprozeß und die Urmonaden.«

NEUNUNDZWANZIGSTES KAPITEL

Wie Candid Kunigunde und die Alte wiederfindet

Während Candid, der Baron, Pangloß, Martin und Cacambo einander ihre Abenteuer erzählten, während sie über den Zusammenhang oder den mangelnden Zusammenhang der Dinge dieser Welt schwatzten, während sie über die Wirkungen und Ursachen, das moralische und das physische Übel, über Freiheit und Notwendigkeit und die Trostgründe eines türkischen Galeerensträflings disputierten, landeten sie am Ufer des Bosporus beim Haus des Fürsten von Siebenbürgen. Das erste, was sie erblickten, waren Kunigunde und die Alte, die Handtücher zum Trocknen auf Wäscheleinen hängten.

Der Baron erbleichte bei diesem Anblick. Als Candid, der zärtliche Liebhaber, seine schöne Kunigunde lederfarben, mit erloschenen Augen, eingetrockneten Brüsten, runzligen Wangen und roten, rissigen Armen wiedersah, wich er entsetzt drei Schritte zurück und ging dann aus Wohlerzogenheit wieder auf sie zu. Sie umarmte Candid und ihren Bruder; die Alte wurde ebenfalls umarmt; Candid kaufte alle beide los.

In der Nähe lag ein kleines Landgut; die Alte schlug Candid vor, sich dort häuslich niederzulassen, bis aller Schicksal eine günstigere Wendung genommen habe. Kunigunde wußte nicht, daß sie häßlich geworden war, niemand hatte es ihr gesagt: sie erinnerte Candid an seine Versprechungen, und zwar so entschiedenen Tones, daß der gute Candid sich nicht zu widersetzen wagte. Er bedeutete also dem Baron, er wolle seine Schwester heiraten. »Niemals werde ich dulden«, sagte der Baron, »daß sie ihrerseits sich soweit erniedrigt und daß Sie Ihrerseits so unverschämt werden; diesen Schimpf soll mir niemand vorhalten können: kein deutsches Stift würde die Kinder meiner Schwester aufnehmen. Nein, meine Schwester darf niemanden heiraten als einen Reichsbaron.« Kunigunde warf sich ihm zu Füßen und benetzte sie mit Tränen; er blieb ungerührt. »Du Hans Narr«, sagte ihm Candid, »ich habe dich von der Galeere befreit, ich habe dein Lösegeld bezahlt und das deiner Schwester auch; sie hat hier Geschirr abgewaschen, sie ist häßlich, ich bin so gutmütig, daß ich sie zu meiner Frau machen will, und du wagst es noch, dich zu widersetzen? Noch einmal würde ich dich totstechen, wenn ich meiner Wut nachgäbe.« – »Meinetwegen stich mich noch einmal tot«, sagte der Baron, »aber solange ich lebe, wirst du meine Schwester nicht heiraten.«

Schluß

Candid verspürte im Grunde seines Herzens nicht die geringste Lust, Kunigunde zu heiraten. Allein die ungeheuerliche Impertinenz des Barons bestimmte ihn zur Eheschließung, und Kunigunde bedrängte ihn überdies so heftig, daß er sein Wort nicht zurücknehmen konnte. Er fragte Pangloß, Martin und den treuen Cacambo um Rat. Pangloß setzte ein schönes Memorandum auf, darin er bewies, der Baron habe keine Gewalt über seine Schwester, und gemäß den Gesetzen des Heiligen Römischen Reiches könne sie Candid zur linken Hand heiraten. Martin riet, den Baron ins Meer zu werfen; Cacambo entschied, er müsse wieder dem Galeeren-Kapitän übergeben, aufs neue an die Ruderbank geschmiedet und später könne er ja dann mit dem ersten Schiff nach Rom zum Pater General geschickt werden. Der Ratschlag fand allgemeinen Beifall; die Alte billigte ihn, seiner Schwester wurde alles verheimlicht; mit einigen Geldopfern wurde die Sache bewerkstelligt, und alle genossen des Vergnügens, einen Jesuiten überlistet und den Dünkel eines deutschen Barons bestraft zu haben.
Man könnte jetzt natürlich auf den Gedanken kommen, daß Candid nach so vielen verhängnisvollen Wechselfällen, nun er mit seiner Geliebten verheiratet, mit dem Philosophen Pangloß, dem Philosophen Martin, dem klugen Cacambo und der Alten vereint und außerdem im Besitz so vieler Diamanten aus der Heimat der alten Inkas war, nunmehr das angenehmste Leben der Welt geführt hätte; aber die Juden begaunerten ihn dermaßen, daß ihm am Ende nichts als sein kleines Landgut blieb; seine Frau wurde von Tag zu Tag häßlicher, zänkischer und unausstehlicher; die Alte wurde zitterig und hatte womöglich noch schlechtere Laune als Kunigunde. Cacambo, der die Gartenarbeit besorgte und das Gemüse zum Verkauf nach Konstantinopel brachte, war mit Arbeit überbürdet und verfluchte sein Geschick. Pangloß

war verzweifelt, daß er nicht an irgendeiner deutschen Universität glänzte. Was Martin betraf, so war er felsenfest überzeugt, daß es einem überall gleich schlecht gehe; er trug alles geduldig. Candid, Martin und Pangloß disputierten zuweilen über Metaphysik und Moral. Öfter fuhren unter den Fenstern des Gutshauses Barken mit Effendis, Paschas und Kadis vorüber, die nach Lemnos, Mytilene und Erzerum ins Exil wanderten. Andere Kadis, andere Paschas, andere Effendis kamen an, nahmen die Stellen der Verstoßenen ein und wurden ihrerseits wieder verstoßen. Gelegentlich gab es säuberlich in Stroh verpackte Köpfe zu sehen, die der Hohen Pforte überreicht werden sollten. Diese Schauspiele gaben unausgesetzt neuen Stoff zu Diskussionen; und wenn nicht gestritten wurde, war die Langeweile so entsetzlich, daß die Alte sich eines Tages nicht scheute, ihnen zu sagen: »Ich möchte wissen, was schlimmer ist, hundertmal von Negerpiraten genotzüchtigt zu werden, eine abgeschnittene Hinterbacke zu haben, bei den Bulgaren Spießruten zu laufen, bei einem Autodafé ausgepeitscht und gehängt und dann seziert zu werden, Galeerensklave zu sein, kurz, all das Elend zu erdulden, das wir durchgemacht haben, oder hier herumzusitzen und nichts zu tun?« – »Ja, das ist eine schwierige Frage«, sagte Candid.

Diese Rede gab Veranlassung zu neuen Überlegungen, und zumal Martin kam zu dem Ergebnis, der Mensch werde geboren, um entweder in den Krämpfen der Unrast oder in der Ohnmacht der Langeweile zu leben. Candid leugnete das, konnte indessen nichts dagegen vorbringen. Pangloß gab zu, er habe Schreckliches durchmachen müssen; aber da er nun einmal behauptet hatte, alles sei wunderschön, behauptete er es nach wie vor, allein er glaubte es nicht mehr.

Ein Ereignis trug ganz besonders dazu bei, Martin in seinen abscheulichen Prinzipien zu bestärken, Candid mehr denn je zweifeln zu lassen und Pangloß in Verlegenheit zu bringen. Eines Tages nämlich landeten Paquette und Bruder Giroflée auf dem Landgut; sie waren in der äußersten Not; ihre dreitausend Piaster hatten sie sehr schnell durchgebracht, sie hatten sich getrennt, sich wieder vertragen, sich erzürnt, waren ins Gefängnis gewandert, waren entflohen, und schließlich war Bruder Giroflée Türke geworden. Paquette übte ihr Gewerbe überall aus, aber sie verdiente nichts mehr dabei. »Ich habe es vorausgesehen«, sagte Martin zu Candid, »daß Ihre Geschenke bald vergeudet sein würden und die beiden eben dadurch noch elender. Sie und Cacambo haben in Millionen von Piastern geschwommen, und Sie sind nicht besser daran als Bruder Giroflée und Paquette.« – »Ach, ach!« sagte Pangloß zu Paquette, »also führt der Himmel Sie wieder in unsere Mitte, Sie armes Kind? Wissen Sie denn auch, daß Sie mich die Nasenspitze, ein Auge und ein Ohr gekostet haben? Und wie Sie jetzt ausschauen! Ja, das ist der Lauf der Welt!« Dieses Abenteuer veranlaßte sie, mehr als je zuvor zu philosophieren.

In der Nachbarschaft lebte ein sehr berühmter Derwisch, der als der beste Philosoph der Türkei galt; den fragten sie um Rat; Pangloß war Wortführer und fragte: »Meister, wir sind gekommen, Sie zu bitten, daß Sie uns sagen, warum ein so merkwürdiges Viehzeug wie der Mensch geschaffen worden ist?« – »Wohinein steckst du deine Nase?« sagte der Derwisch, »ist das deine Sache?« – »Ach, ehrwürdiger Vater«, sagte Candid, »es gibt so entsetzlich viel Böses auf Erden.« – »Was kommt's darauf an, ob es Böses oder Gutes gibt? Wenn Seine Hoheit ein Schiff nach Ägypten sendet, kümmert er sich dann darum, ob die Ratten im Kielraum sich wohlbefinden oder nicht?« – »Was muß man also tun?« fragte Pangloß. – »Schweigen«, sagte der Derwisch. – »Und ich schmeichelte mir«, sagte Pangloß, »mit Ihnen ein bißchen über Ursachen und Wirkungen, die beste aller möglichen Welten, den Ursprung des Bösen, die Natur der Seele und die prästabilierte Harmonie plaudern zu können!« Bei diesen Worten schlug ihm der Derwisch die Tür vor der Nase zu.

Während dieser Unterredung hatte sich die Nachricht verbreitet, soeben seien in Konstantinopel zwei Bankveziere und der Mufti erdrosselt und mehrere ihrer Freunde gepfählt worden. Diese Katastrophe machte für ein paar Stunden viel Lärm. Als Pangloß, Candid und Martin zu dem kleinen Landgut zurückkehrten, trafen sie unterwegs einen guten Greis, der vor seiner Tür unter einer Laube aus Orangenbäumen der Abendkühle genoß. Pangloß, der ebenso neugierig wie geschwätzig war, fragte ihn, wie der Mufti heiße, der soeben erdrosselt worden sei. »Ich weiß nichts davon«, antwortete der gute Mann, »und ich habe niemals den Namen irgendeines Muftis oder Veziers gekannt. Ich weiß nicht das mindeste von der Begebenheit, von der Ihr mir erzählt; aber ich bin der Ansicht, daß im allgemeinen diejenigen, die sich in öffentliche Angelegenheiten mischen, eines elenden Todes sterben, und zwar mit Recht; ich kümmere mich nie darum, was in Konstantinopel vorgeht; ich bescheide mich, die Früchte des Gartens, den ich bebaue, dorthin zum Verkauf zu senden.« Mit diesen Worten lud er die Fremden zum Nähertreten ein: seine beiden Töchter und seine beiden Söhne boten ihnen verschiedene selbstbereitete Sorbets an, Kaimatz[58] mit Zitronat, Orangen, Zitronen, Limonen, Ananas, Pistazien sowie Mokkakaffee ohne Beimischung des schlechten Kaffees aus Batavia und Westindien. Danach parfümierten die beiden Töchter des guten Muselmanns Candid, Pangloß und Martin die Bärte.

»Sie haben gewiß«, sagte Candid zu dem Türken, »einen großen, prächtigen Grundbesitz?« – »Nur zwanzig Morgen«, antwortete der Türke; »ich bebaue sie mit meinen Kindern; die Arbeit hält uns drei große Übel fern: Langeweile, Laster und Not.«

Auf dem Rückweg zu seinem Landgut stellte Candid tiefsinnige Untersuchungen über die Worte des Türken an. Er sagte zu Pangloß und Martin: »Dieser gute Greis hat sich, wie mir scheint, ein Dasein geschaffen, das dem der sechs Könige, mit denen zu Abend zu essen wir die Ehre genossen haben, bei weitem vorzuziehen ist.« – »Größe«, sagte Pangloß, »ist nach dem einstimmigen Urteil aller Philosophen etwas sehr Gefährliches, denn schließlich wurde der Moabiterkönig Eglon von Aod ermordet; Absalon hängte sich an seinen Haaren auf und wurde von drei Wurfspießen durchbohrt; König Nadab, der Sohn Jerobeams, wurde von Baza getötet, König Ela von Zambri, Ochozias von Jehu; die Könige Joachim, Jechonias und Zedekias wurden Sklaven. Ihr wißt, wie Krösus, Astyages, Darius, Dionys von Syrakus, Pyrrhus, Perseus, Hannibal, Jugurtha, Ariovist, Cäsar, Pompejus, Nero, Otho, Vitellius, Domitian, Richard II. von England, Eduard II., Heinrich VI., Richard III., Maria Stuart, Karl I., die drei Heinriche von Frankreich, Kaiser Heinrich IV. geendet haben? Ihr wißt – – –.« – »Ich weiß auch«, sagte Candid, »daß wir unseren Garten bebauen müssen.« – »Sie haben recht«, sagte Pangloß; »denn als der Mensch in den Garten Eden gesetzt wurde, geschah es, *ut operaretur eum*, damit er ihn bebaue; das beweist, daß der Mensch nicht zum Faulenzen geschaffen worden ist.« – »Wir wollen arbeiten, ohne uns zu zergrübeln«, sagte Martin; »das ist das einzige Mittel, das Dasein erträglich zu gestalten.«

Alle Glieder der kleinen Gemeinschaft stimmten diesem löblichen Vorsatz zu; ein jeder suchte seine Anlagen zu betätigen. Der kleine Erdenfleck gab reichliche Erträge. Kunigunde war tatsächlich recht häßlich; aber sie lernte vorzügliche Pasteten bereiten; Paquette stickte; die Alte besorgte die Wäsche. Selbst Bruder Giroflée machte sich nützlich, er wurde ein ausgezeichneter Schreiner und schließlich sogar ein ordentlicher Mensch; und Pangloß sagte bisweilen zu Candid: »Alle Begebenheiten in dieser besten aller möglichen Welten sind miteinander verkettet; denn wenn Sie nicht durch wuchtige Fußtritte in den Hintern um Ihrer Liebe zu Fräulein Kunigunde willen aus einem schönen Schlosse hinausgeworfen worden wären, wenn Sie nicht vor dem Inquisitionstribunal gestanden hätten, wenn Sie nicht zu Fuß durch ganz Amerika gelaufen wären, wenn Sie dem Baron nicht einen mächtigen Degenstich versetzt, wenn Sie nicht alle Ihre Widder aus dem schönen Lande Eldorado eingebüßt hätten, so würden Sie hier kein Zitronat und keine Pistazien essen.« – »Wohlgesprochen«, erwiderte Candid, »allein es gilt, unseren Garten zu bebauen.«

ANMERKUNGEN

1 Abweichend von andern Übertragungen, wird in dieser der Name des Helden ohne das Schluß-e geschrieben, um den zugrunde liegenden lateinischen Namen in einer dem Deutschen gemäßen Schreibung wiederzugeben: candidus = der Schneeweiße; im übertragenen Sinn ›der Harmlose, der Offenherzige, der Reine‹.

2 Von Voltaire erfundener Ortsname, wie auch der zu Beginn des zweiten Kapitels genannte. Mylius übersetzt ihn in seiner Ausgabe des *Candid* (1778) willkürlich, aber treffend mit »Donnerstrunkshausen«.

3 Diesen Namen hat Voltaire aus zwei griechischen Wörtern gebildet, deren eines ›alle, alles‹ und deren anderes ›Sprache‹ bedeutet. Er will damit andeuten, daß Pangloß sich fähig glaubt, durch Worte alles zu erklären.

4 In der Gestalt des Pangloß persifliert Voltaire den deutschen Philosophen Christian Freiherr von Wolff (1679–1754), den Friedrich II. von Preußen protegierte – nachdem ihn sein Vater verfolgt hatte – und der als Fortsetzer von Leibniz in der Geschichte der Philosophie durchaus eine bedeutende Gestalt ist. Voltaire verspottet hier die ein wenig pedantisch anmutenden Titel der Werke Wolffs und versetzt zugleich seinem Gegner Maupertuis, dem Präsidenten der Preußischen Akademie, einen Hieb, der 1751 einen *Essai de cosmologie* veröffentlicht hatte. In den folgenden Sätzen wird die Dialektik Wolffs parodiert.

5 Gemeint sind die Preußen.

6 Von Voltaire erfundener Ortsname, der die Konsonantenhäufung der deutschen Sprache parodiert; Voltaire sprach übrigens nicht deutsch, dagegen vorzüglich englisch und italienisch.

7 Die Uniform der verhaßten, auf Rekrutenfang gehenden preußischen Werber war blau.

8 Gemeint ist Friedrich II. von Preußen.

9 Griechischer Arzt aus der Mitte des 1. Jh.s n. Chr. Er schrieb eine leidlich bizarre Arzneimittel-Lehre.

10 Damit ist Ludwig XV. gemeint; flüchtige Anspielung auf den

Siebenjährigen Krieg, der 1756 ausgebrochen war. – Die Abaren oder Avaren waren ein asiatischer Völkerstamm, der im 6. Jh. Europa überflutete und die Bulgaren unter seine Botmäßigkeit zwang. Sie treten in *Candid* an die Stelle der Franzosen.

11 Zur Gattung der Halbflügler gehörende Insektenart, ursprünglich in Mexiko heimisch, später in Indien und Spanien akklimatisiert, aus der ein karminroter Farbstoff gewonnen wurde (heute synthetisch hergestellt).

12 Portugiesisch (lat. actus fidei = Handlung des Glaubens), die früher in Spanien und Portugal übliche feierliche Verbrennung der durch die Inquisition verurteilten Ketzer, die gewöhnlich an einem kirchlichen Feiertag stattfand. Das letzte Autodafé wurde 1781 (!) durchgeführt.

13 Es waren also Juden, da sie kein Schweinefleisch aßen.

14 Gelber, kuttenartiger Kittel, mit dem die Inquisition ihre Opfer bekleidete, wenn sie den Weg zum Scheiterhaufen antraten.

15 Ursprünglich der Bruderbund, den die Städte Kastiliens und Aragoniens um die Mitte des 13. Jh.s zur Aufrechterhaltung des Landfriedens gegen den räuberischen Adel schlossen; 1488 als »die heilige Hermandad« förmlich organisiert. Im 16. Jh. zu einer Art Gendarmerie abgesunken.

16 Seit 1608 hatten die Jesuiten in Paraguay ein theokratisch-patriarchalisches Reich gegründet, dessen Hochstand erst von neueren Historikern gerecht gewürdigt worden ist; 1768 wurden sie durch die Spanier vertrieben.

17 Diesen Papst hat es nie gegeben. In der Erstausgabe nennt Voltaire ihn Clemens XII.

18 Hafenstadt in Marokko, am Atlantik.

19 Italienisch: O welch ein Pech, daß ich keine Hoden habe!

20 Kleine Stadt am Don im Gouvernement Jekaterinoslaw, früher stark befestigt, seit 1774 russisch. Die von Voltaire geschilderte Belagerung fand während des russisch-türkischen Krieges statt, der 1739 durch den Frieden von Belgrad beendet wurde.

21 Alter Name des Asowschen Meeres.

22 Mohammedanischer Geistlicher.

23 Elsässischer Gelehrter (1672–1739), der eine Schrift gegen das Leben verfaßte und durch Selbstmord endete.

24 Tukuman war ein Staat der La-Plata-Konföderation, nordwestlich von Buenos Aires.

25 Eine Art Hellebarde, bis zu Beginn des 19. Jh.s von Infanterie-Offizieren neben dem Degen geführt.

26 Voltaire war auf seiner Reise nach Preußen (1750) sowie auf dem Rückweg (1752) zweimal durch Westfalen gekommen und hatte das Land in unangenehmer Erinnerung.

27 Name eines deutschen Jesuiten, mit dem Voltaire während seines Aufenthalts in Colmar 1754 Ungelegenheiten gehabt hatte.

28 Eine periodische Publikation der Jesuiten von Trévoux, die 1701 bis 1775 erschien und die Philosophen bekämpfen sollte.

29 Sir Walter Raleigh (1552–1618), englischer Seefahrer und Staatsmann, von der Königin Elisabeth I. in wichtige Ämter eingesetzt. Er plante eine Kolonisierung Amerikas, hatte Anteil an der Entdeckung Virginias, soll das Tabakrauchen in Europa eingeführt haben und zeichnete sich bei der Besiegung der »Armada« aus. Unter Jakob I. wurde er des Hochverrats angeklagt und zum Tode verurteilt, aber begnadigt. Nach zwölfjähriger Gefangenschaft unternahm er eine Expedition nach Guyana mit dem Ziel, Eldorado zu entdecken. Auf eine Anklage Spaniens hin wurde er verhaftet und 1618 wegen Seeräuberei hingerichtet.

30 Ehemals in Siebenbürgen, Polen und den Niederlanden verbreitete Sekte von Anhängern des Lälius Socinus (geb. 1561 in Zürich) und seines Neffen Faustus Socinus (geb. 1604 in Polen), die der Vernunft eine kritische Stellung einräumten und besonders die Lehre von der Dreieinigkeit und von der Göttlichkeit Christi verwarfen.

31 Anhänger des persischen Religionsstifters Mani oder Manes (214–274), der als der im Johannes-Evangelium verheißene Paraklet auftrat. Seine Lehre (vgl. die gängigen Nachschlagewerke) verbreitete sich im 4. Jh. in Vorderasien, Afrika und Italien, unterlag aber im 5. Jh. dem Haß der persischen Magier und der christlichen Bischöfe. Mani wurde unter Batram I. lebendig geschunden.

32 Anspielung auf die Jansenisten, die sich 1727 bis 1732 auf dem Friedhof von Saint-Médard religiös verzückt in Krämpfen wanden, bis eine königliche Verordnung dem ein Ende machte.

33 *Le Comte d'Essex* (1678), Tragödie von Thomas Corneille, dem jüngeren Bruder Pierres.

34 Erinnerung an die Schauspielerin Adrienne Lecouvreur, die 1738 gestorben und unter den von Voltaire geschilderten Umständen begraben worden war. Sie hat auch die Rolle der Monime in Racines *Mithridate* gespielt.

35 Voltaires *Tancrède* hatte bei der Uraufführung am 3. September 1760 keinen ungeteilten Beifall gefunden.

36 Elie Fréron (1719–76), damals berühmter Kritiker, Feind Voltaires und der Philosophen. Voltaire behauptete, wenn eine Schlange Fréron beiße, gehe die Schlange ein.

37 Claire-Josèphe Léris, genannt Clairon (1723–1803), berühmte Tragödin, die zumal in den Werken Voltaires glänzte.

38 Einer der Feinde Voltaires und der Enzyklopädisten, der bei Hofe in hoher Gunst stand und für ein schlechtes Buch eine Abtei als Pfründe erhielt.

39 Der Abbé Trublet (1697–1770), ein mäßiger, aber einfallsreicher und witziger Schriftsteller, haßte Voltaire, was dieser ihm mit Wucherzinsen heimzahlte.

40 In den folgenden Zeilen gibt Voltaire eine Art summarischer Antwort auf alle gegen seinen *Tancrède* erschienenen Kritiken.

41 Anhänger des spanischen Theologen Miguel Molina (1640 bis 1996), der den Quietismus lehrte.

42 Anspielung auf das Attentat, das am 5. Juni 1757 von einem gewissen Damiens gegen Ludwig XV. begangen wurde, der dabei eine leichte Verletzung davontrug.

43 Die Ermordung Heinrichs IV. durch Ravaillac.

44 Am 27. Dezember 1594 versuchte ein Fanatiker namens Jean Chalet Heinrich IV. zu erdolchen, stieß ihm jedoch nur einen Zahn aus.

45 Jener Krieg führte 1763 dazu, daß Frankreich Kanada und Louisiana verlor.

46 Der Admiral John Byng (1704–57), Sohn des Eroberers von Gibraltar, war 1756 in den Gewässern von Menorca vom Herzog von Richelieu und La Galissinionière besiegt worden; unter dem Druck der öffentlichen Meinung wurde er als Verräter zum Tode verurteilt und am 14. Mai 1757 auf dem Deck seines Flaggschiffs erschossen. Der Sieg hatte Frankreich begeistert, die Hinrichtung Byngs empörte. Voltaire, der den Admiral in jungen Jahren gekannt hatte, schrieb heftige Proteste.

47 Der Name bedeutet etwa: ›einer, der sich wenig Sorgen macht‹.

48 Mönch aus dem Dominikaner-Orden, dessen Kloster dem heiligen Jakobus geweiht war.

49 Achmed III., türkischer Sultan, folgte 1703 Mustapha II. auf den Thron, wurde 1730 von den Janitscharen abgesetzt und starb 1736.

50 Iwan IV. Antonowitsch, durch Elisabeth, die Tochter Peters des Großen, entthront, 1764 unter Katharina II. erdolcht.

51 Karl-Eduard (1720–88), Sohn des Jakob Stuart und Enkel

Jakobs II., landet 1745 in Schottland, um den englischen Thron zurückzugewinnen, und wurde 1746 bei Culloden geschlagen; er ließ sich erst in Frankreich, dann in Italien nieder, wo er im Elend starb. Sein Vater Jakob Stuart, genannt »der Prätendent«, lebte in Rom und starb 1766. Dessen Vater, Jakob II., war 1688 durch den Prinzen von Oranien entthront worden.

52 August III., Kurfürst von Sachsen und König von Polen, 1756 durch Friedrich II. von Preußen aus seinen Staaten vertrieben. Seine Regierungszeit war eine ständige Anarchie, von Preußen und Rußland eifrig geschürt.

53 Stanislaus Lesczinski (1677–1766), Schwiegervater Ludwigs XV., 1704 zum König von Polen gewählt, verbündete sich mit Karl XII. von Schweden. 1709 wurde er durch August II. entthront und lebte im Exil, anfangs in Schweden, dann im Elsaß und in Frankreich. 1733 wurde er abermals zum König von Polen gewählt, aber schon nach wenigen Tagen von den verbündeten Russen und Sachsen vertrieben. Er schlug sich nach Danzig durch, entfloh vor der Einnahme der Stadt durch die Russen auf preußisches Gebiet, kehrte nach Frankreich zurück und erhielt als Entschädigung die Herzogtümer Bar und Lothringen, deren letzter Herzog Franz, der Gemahl der Maria-Theresia, mit Toskana abgefunden wurde. Stanislaus hat für seine Länder, die er freilich nur dem Namen nach regierte, viel getan und seine Hauptstadt Nancy durch großartige Bauten verschönert. Er erhielt die Beinamen »der Gute« und »der Wohltäter«. Voltaire war mehrmals sein Gast.

54 Der westfälische Baron Theodor von Neuhoff (1690–1756), anfangs in Diensten des Barons Goertz, des Ministers Karls XII. von Schweden, war in der Folgezeit Resident Kaiser Karls VI. in Florenz. Er unterstützte die gegen ihre Schirmherrin Genua im Aufstand begriffenen Korsen, die ihn 1736 zum König wählten; er konnte sich indessen nur wenige Monate halten. Zwei Rückkehrversuche mit holländischer Unterstützung scheiterten. Er starb in London im Elend.

55 Goldmünzen unterschiedlichen Wertes, im Orient und in Italien im Umlauf.

56 Franz II. Rakoczy (1676–1733), dem siebenbürgischen Fürstenhaus entstammend, 1701 seiner Verbindungen mit den Unzufriedenen in Ungarn wegen verhaftet, entkam nach Polen, wurde 1703 Oberhaupt der Stände, 1707 zum Fürsten von Siebenbürgen erwählt, 1708 geschlagen, floh 1710 nach Polen, verschmäh-

te die ihm angebotene Amnestie, ging nach Frankreich und dann in die Türkei. Er starb in Rodosto am Marmara-Meer. Nach ihm ist der »Rakoczy-Marsch«, der ungarische Nationalmarsch, benannt worden.

57 Page des Sultans.

58 Eine Art Weißkäse.

NACHWORT

Am 1. November 1755 zerstörte ein Erdbeben die Stadt Lissabon; in einer Nacht kamen 60 000 Menschen um.
Wie weit ein solches Ereignis die abendländische Menschheit unserer Tage, die während der Weltkriege den Tod von Millionen hingenommen hat, zu erschüttern vermöchte, möge unerörtert bleiben; auf die Menschen jener Zeit wirkte diese Katastrophe ungeheuerlich: eine große Revision der Weltanschauung setzte ein, von der eine neue Richtung des Denkens, der europäische Pessimismus, ihren Ausgang nahm. Aus den zahlreichen Dokumenten, die davon zeugen, seien zwei hervorgehoben. In *Dichtung und Wahrheit* schildert Goethe die Verwirrung, die die Nachricht vom Untergang der Stadt in ihm hervorrief: »Der Knabe ... war nicht wenig betroffen. Gott, der Schöpfer und Erhalter Himmels und der Erden, den ihm die Erklärung des ersten Glaubensartikels so weise und gnädig vorstellte, hatte sich, indem er die Gerechten mit den Ungerechten gleichem Verderben preisgab, keineswegs väterlich bewiesen. Vergebens suchte das junge Gemüt sich gegen diese Eindrücke herzustellen, welches überhaupt um so weniger möglich war, als die Weisen und Schriftgelehrten selbst sich über die Art, wie man ein solches Phänomen anzusehen habe, nicht vereinigen konnten.« Zur gleichen Zeit, da der sechsjährige Goethe mit diesen jäh über ihn gekommenen Zweifeln rang, schrieb der sechzigjährige Voltaire unter dem frischen Eindruck der Schreckenskunde seinem Arzt Jean-Robert Tronchin: »Wie grausam doch die Natur ist! Es wird Mühe kosten, darzulegen, warum die Bewegungsgesetze solch furchtbare Verwüstung anrichten müssen in der besten aller möglichen Welten. Welch trauriges Spiel des Zufalls ist doch das Spiel des menschlichen Lebens. Das sollte den Menschen lehren, nicht dem Menschen nachzustellen. Der eine will den andern verfolgen – und die Erde ver-

schlingt beide.« In der Folgezeit schrieb er sein Gedicht *Le désastre de Lisbonne*, seine erste dichterische Abrechnung mit der seine Zeit beherrschenden, optimistisch gerichteten Philosophie der Leibniz, Shaftesbury, Bolingbroke und Pope, die die Welt als die beste aller möglichen gelten ließen, darin das Übel ein notwendiger Bestandteil sei. Jenes Gedicht, ein erhabener Trauergesang, beklagte die unselige Menschheit, klagte an die »betrogenen Weisen« und ihre Lehre, daß »alles gut sei«, beugte sich jedoch unter den Willen der Vorsehung.

Dereinst wird alles gut, das hoffen wir:
Doch Täuschung ists, daß jetzt schon alles gut sei.
Die Weisen haben sich und mich betrogen
Und Gott allein hat recht. In meinen Seufzern
Voll Demut, in mein Leid, wie sichs geziemt,
Mich still ergebend, bin ich weit entfernt,
Mich gegen Gottes Ratschluß aufzulehnen.
Einst sang ich wohl in minder düstrer Weise
Der süßen Wollust lockende Gewalt.
Ach! andre Zeiten, andre Sitten! – Jetzt,
Nachdem das Alter besser mich belehrt,
Teil ich die Schwäche der verirrten Menschen.
In dichter Finsternis such ich nach Licht,
Ich fühle, dulde, aber murre nicht.

Zu Gott, den er im Staub verehrte, sprach
Einst ein Kalif in seiner letzten Stunde
Als einziges Gebet die frommen Worte:
»Ich bringe dir, allein'ger, höchster Herrscher,
Dir, einzig unbeschränktes Wesen, alles
Was du entbehrst in deiner Herrlichkeit
Und nur uns Erdenwürmern wolltest gönnen:
Schuld, Reue, Elend und Unwissenheit.«
– Doch hätt er auch die Hoffnung nennen können.

(Übersetzt von Adolf Ellissen, 1851.)

Mit diesen Strophen schließt Voltaires Gedicht. Bei den Genfer Pfarrern, seinen ewigen Widersachern, erregte es Empörung; sie wandten sich an ihren Mitbürger Jean-Jacques Rousseau, um ihn zu einer Erwiderung zu bewegen. Rousseau, dessen Eitelkeit die Aussicht stachelte, sich mit dem Berühmten öffentlich messen zu können, richtete an Voltaire ein umfangreiches Schreiben, in welchem er als »Ritter der Vorsehung« (Georg Brandes) in die Schranken trat. Voltaire wich aus. Erst 1759 wurde Rousseau eine Antwort zuteil, deren er sich nicht versehen hatte: der Roman *Candide ou l'optimisme*.

Man vergegenwärtige sich noch, daß Voltaire seit langem einen tiefen Widerwillen gegen die englische und zumal die deutsche Metaphysik hegte, deren auf spitzfindige Scholastik sich gründende wohlgefällige Zufriedenheit ihn abstieß. Schon zwölf Jahre zuvor hatte er einen gegen seine *Elemente der Philosophie Newtons* (1738) gerichteten Angriff des Göttinger Professors Kahle in der *Kurzen Antwort auf langes Gerede eines deutschen Doktors* mit erfrischender Ironie pariert. Was er damals und in der Folgezeit theoretisch durchdachte, erhielt eine grauenvolle Bestätigung durch das Erdbeben von Lissabon; jener Brief Rousseaus war demnach sozusagen nichts als das Stäubchen, das in eine gesättigte Lösung fiel und den Kristall aufschießen ließ. Voltaire war reif zu einem großen Werk, und die Niederschrift erfolgte nicht in drei Tagen, wie die Legende behauptete, wohl aber in knapp zehn Monaten. Das genaue Datum des Beginns der Arbeit ist unbekannt. In Voltaires Korrespondenz wird das Werk von Januar 1758 an erwähnt, wie René Pomeau ermittelt hat. Voltaire wohnte damals weder in Ferney noch in Les Délices, sondern in Lausanne, nahm lebhaften Anteil am Siebenjährigen Krieg, was seinen Niederschlag im zweiten und dritten Kapitel des *Candid* gefunden hat, und unterzeichnete mehrere seiner Briefe mit »Le suisse V.«, »Der Schweizer V.«. Im Juli besuchte er seinen Schuldner, den Markgrafen von Baden-Durlach, in Schwetzingen, wohin er das Manuskript des Romans mitnahm; sein Sekretär Wagnière fertigte dort die erste Reinschrift an. Die letzten Kapitel entstanden im September und Oktober 1758 in Les Délices nahe dem Genfer See. Georg Brandes schildert in seinem Voltaire-Buche, diesem Heldenleben eines Ritters vom Geiste, den Hergang: »Zum Schluß wird Voltaire so begierig, es zu vollenden, daß er sich drei Tage hintereinander einschließt, seine Tür nicht öffnen will, außer um die Mahlzeiten und den Kaffee hereinbringen zu lassen. Kaffee verlangt er sogar recht häufig. – Am vierten Tage erzwang sich seine geängstigte Nichte Einlaß. Er warf ihr die eben vollendete Niederschrift hin und sagte: ›Da, neugierige Madame, ist etwas, das du lesen kannst.‹« –

Das achtzehnte Jahrhundert war um einen großen Roman, die Menschheit um ein großes Buch bereichert worden. Voltaires Dichtung bedarf keines Kommentars; die zahlreichen Anspielungen auf Zeitereignisse sind so allgemein gehalten, daß sie auf uns Heutige mit unverminderter Wucht wirken. Es ist müßig, zu wissen, daß in Pangloß der Philosoph Wolff gegeißelt wurde; es ist müßig, zu wissen, daß mit dem König von Bulgarien Friedrich der Große gemeint war; es ist müßig, Einzelheiten aus dem Leben der sechs entthronten Könige zu wissen, mit denen Candid in Venedig zu Abend speist – sie sind, über das Einmalige ihrer Erscheinung hinaus, entthronte Herrscher, wie es deren zu allen Zeiten gegeben hat und geben wird; es ist müßig, über den an dem englischen Admiral Byng vollzogenen Justizmord genau unterrichtet zu sein; solange Kriege geführt werden, wird kein unglücklicher Feldherr vor einem ähnlichen Schicksal sicher sein – es sei aus der neueren Geschichte an den Fall Bazaine, des Verteidigers von Metz, den Fall Stössel, des Verteidigers von Port Arthur, erinnert. Man nehme dieses zwischen satirischer Laune und Entsetzen schwankende, dieses bittere Werk mit dem großen Mitleid als tiefstem Unterton als das, was es ist: als ein Bild der Welt, die nach Horace Walpoles Ausspruch eine Komödie für den Denkenden, eine Tragödie für den Fühlenden ist; als Klage über das Elend des menschlichen Lebens, dem nur die Schwäche der menschlichen Einsicht die Waage zu halten vermag; als Kampfruf gegen Dummheit und Unrecht; als eine neue Abwandlung des biblischen Hiob-Mythos, als eine Mahnung zum Dulden, zum Ausharren, zum Durchhalten –: das Laboremus, in welches der Roman ausklingt, ist vielleicht wirklich der Weisheit letzter Schluß – Goethe kam im zweiten Teil des *Faust* zu keinem anderen Ergebnis.

Die Wirkung des *Candid* ist sich während der beiden Jahrhunderte, die seit seinem Entstehen verflossen sind, völlig gleichgeblieben. Friedrich der Große schätzte den Roman und zitierte häufig daraus; Wieland nannte ihn das Lieblingsbuch aller Leute von Verstand; Schopenhauer erkannte der Leibnizschen Theodizee kein anderes Verdienst zu, als zum *Candid* Anlaß gegeben zu haben; Delacroix bewunderte die Kraft der Darstellung – der Schiffbruch im fünften Kapitel galt ihm als ein »außerordentliches Gemälde«; Victor Hugo verzieh um dieses Buches willen Voltaire dessen ironische Ablehnung der mittelalterlichen Baudenkmäler von Paris; Flaubert liebte vor allem den Schluß, den er »dumm wie das Leben« nannte: gerade an ihm sei »die Klaue des Löwen« zu erkennen; von Dostojewskij wurde mir berichtet, daß über seinem Schreibtisch jahrelang ein Mahnzettel gehangen habe: »Den russischen Candid schreiben!«; und Georg Brandes hat ausgesagt, das Werk werde so lange leben, »wie die französische Sprache gesprochen und geschrieben wird«.

Wenige Worte noch über das Schicksal des Buches. Voltaire gab die Dichtung unter einer Verkappung heraus, als »eine Übersetzung aus dem Deutschen des Dr. Ralph, angefertigt von Herrn de V.«, wie der Untertitel behauptete. Kein Kenner jener Zeit wird ihm diese kleine Maskerade verübeln. Bereits im März 1759, unmittelbar nach dem Erscheinen im Januar, wurde *Candide ou l'optimisme* auf Befehl des Rates der Stadt Genf vom Henker öffentlich verbrannt. 1761 erschien eine neue, hie und da unwesentlich veränderte und, zumal im zweiundzwanzigsten Kapitel, erweiterte Ausgabe; »mit den Zusätzen, die in der Tasche des Doktors gefunden wurden, als er im Jahre des Heils 1759 zu Minden starb«, lautete der Untertitel. Ein in der Zwischenzeit erschienener zweiter Teil ist eine Fälschung. Von den deutschen Übersetzungen sei die dritte von Mylius (1778) hervorgehoben, die einige matte Kupferstiche von Chodowiecki enthält; sie wurde lange Zeit als unübertrefflich bezeichnet. Wir müssen sie ablehnen, denn von ihr gilt, was Heine der Bertuchschen des *Don Quijote* vorwirft – sie will noch spaßiger sein als das Original, gefällt sich in willkürlichen Zutaten und fällt dadurch ins Breite und Läppische. Als die erste deutsche Übersetzung des *Candid* hat die von Johann Albrecht Philippi zu gelten, die 1759 im Verlag Hartknoch, Riga und Leipzig, erschien. Spaßigerweise nannte der Übersetzer sich im Anschluß an Voltaires Mystifikation »Ralph« und in einer späteren Auflage von 1792 sogar »Dr. Ralph«; bei dieser lautet der Titel *Offenherz, oder die beste Welt.* Die zweite, deren Verlag und Übersetzer nicht angegeben sind, erschien 1768 in Frankfurt a. M. und Leipzig unter dem Titel *Der Freimütige. Eine wahrhafte Geschichte.*

Ernst Sander

INHALT